佐藤洋二郎小説選集二

カプセル男

佐藤洋二郎

論創社

目次

遠《とお》音《ね》

足早に歩いている男の前で、冬の風が舞い上がった。男は立ち止まり、つむじ風を目で追った。冷え込むという天気予報は当たった。出かける前に、妻はマフラーを持ち出したが男は拒んだ。彼女は一瞬訝るような視線を向け、杉山さんだって、お元気だったのに、突然あいうふうになられたのよと不満げに言った。

杉山という男は、一月前、突然、脳出血で倒れ意識が戻らなかった。以前から血圧が高いのを気にし煙草も止めたし、休日には散歩を始めたと言っていた。その男が同僚と酒を飲み、店を出た途端に倒れた。四十七歳だった。

倒れる三日前にも男は一緒に飲んだ。証券会社に勤める相手は、景気が悪いということを喋り、いい時も悪い時もあるのに、女房が世間体ばかり気にしていると硬張った笑いを浮かべた。

男は相づちを打ち酒を飲んだが、ぼんやりとした不安を抱き、同じ年齢の相手を見た。髪には白髪が集まり、頬から顎にかけ脂肪がついていた。見返した友人の視線に戸惑ったが、相手は、もういい歳だろと自嘲気味に言った。彼はお互いになと応えたが、笑いになりきれなかった。

ふたりは幼なじみで年に二、三度会い酒を飲んだ。会っても家族のことや近況を話すだけだったが、心が落ち着いた。男はその相手が死んだと聞いた時には、にわかに信じられなかった。他人ごとと思えないのか、妻は気にかけるようになり、首元は温かくしたほうがいいと言い出した。そんな言葉を男は煩わしく感じた。

それから妻は笑った。その笑い方が唐突だったので、気色悪くなりどうしたと訊いた。昨日、変な夢を見たの。わたしが小錦のように太って、この玄関から出られないで焦っているの。不気味でしょ。自分でもおかしくて笑っている間に、だんだんと恐くなってきて、泣きだしそうになったところで目が醒めたと言った。

男は少しずつふくよかになっている妻の顔を改めて見直した。わたしたちもうとっくにいい歳なのよねと視線を向けた。老いは死んだ友人だけではなく、自分たちにも忍び込んでいる。本当に気をつけてくださいね、という妻の言葉に返答をせず家を後にした。

つむじ風はビルの壁に当たり消えた。男はコートの衿を立てた。人は本当にいつ死ぬのかわからないのよね、と呟いた妻の声が耳の奥でする。確かにそうだと思う。身近に接していた人間が突然に死ぬ。人の生き死にとはなんなのかと考えるが、それは妻も同じことのようだった。

遠くでサイレンの音がし、目を上げると、消防車が師走の町を走り抜けた。ショーウインドウの模造の木に、イルミネーションが点滅を繰り返している。男は腕時計を見る。一時にはまだ間がある。少し早かったかと思い、待ち合わせの喫茶店に目を向けた。会う時はいつも抱いてくださいね、と訴えるように囁いた女の声が、木枯らしに乗って聞こえてくる。

人生はなにがあるかわからないんだよな、魔がさすということがあるだろ。ほんのちょっとしたことで大きく変わってしまうもんなのさ。そう思わないか。死んだ友人はそう言って、重いため息をついた。その息の大きさに自分でも気づき口元をゆるめた。

数年前、友人は、若い女の蜘蛛の巣にかかったみたいだよ、と言いながら相談を持ちかけた。男はろくな返答もできず、黙って聞いていた。相手は喋ると気が楽になったのか、おまえだっていつそうなるかわからないんだぞ、と煙草の煙に目をしょぼつかせた。

まさかと男は笑ったが、その言葉が近頃は頭の隅にこびりついている。葬儀の日、涙をこらえていた女性を目にしたが、あの女のせいで寿命を縮めたのではないか。別れたと思ったのに、またやけぼっくいに火がついちまったよ、と言った友人の息苦しそうな顔が浮かんだ。

よく似ているな、と男は言葉を口にしてみた。込み上げてくる苦い感情と一緒に弱い笑みが洩れる。あの男の当惑と哀しみがわかる気もするが、今は自分がその中にいる。蜘蛛の巣にかかった虫が、羽をばたつかせている姿が見える。いつも、いつもですよと言う、女の声が頭の中に響き合うように広がり、男は戸惑いとは別のあまい陶酔を甘受する。

男と女しかいないんだぜ、それなのに悩んだり、ため息をついたりして生きている。未来が芳しくないものだとわかっていても、突き進むだろ？　おれにそんな活力が残っていただけでも、感謝したい気持さと友人は言った。どんなことになっても同情はいらないからな、と言っていた相手は死んだ。死と引き替えになにを摑んだのかと男は考える。おれはそこまでの決心をしているのかとためらうが、いやいやと言う自分の声が聞こえてくる。それから一年かと、あの頃の友人と同じように重い息を吐いた。

葬儀の日、唇を震わせている友人の妻のそばで、声を殺して泣いている女がいた。おたがいに声を上げずに泣く妻と女は、なにを堪えているのだろうと不思議な心持ちで見ていた。彼女たちは目も合わさずに別れたが、その不自然さに男はふたりの確執の深さを知った。駅までやってくると、喪服姿の若い女性は、洋菓子店の窓際で目を腫らしケーキを食べていた。彼はその光景を見ていた。女はケーキを食べ、コーヒーを飲み干すと店を出て、駅に向かわず近くの寿司屋に入った。男がつられるように入ると、女は握られた寿司を頬張り続けた。ビールがなくなると注文し、気忙しく自分でカップに注ぎ飲み干した。白く細い項《うなじ》が見えた。まだ二十代の半ばに見える女の喪服姿はぎこちなく感じた。

男は急に愉快になりにやついた。友人の死が哀しみとして受け取れず、滑稽に思えたのだ。板前がビールを差し出すと、女はまた飲んだ。なにもかも仕込んでいくのが愉しいと言った友人は、酒の飲み方まで教えたのかと考えた。

警笛が鳴り目を上げると、信号が変わった。エンジントラブルでも起こしたのか、横断歩道の前で、年配の女の乗用車が故障していた。女は幾度となくエンジンをかけようとするがかからない。後続のトラックがしつこく警笛を鳴らし、なにをしているんだよと怒鳴り声を上げる。女の顔はひきつっている。トラックの運転手は馬鹿野郎と罵り、後続の乗用車に右手を上げ迂回しようとする。トラックを隣の車線に移動させたところで信号が変わった。若い運転手は嫌がらせの警笛を激しく鳴らした。女は乗用車から降り、トランクを開けて赤い旗を取り出した。それから携帯電話でどこかに連絡を取っていた。

男は街を眺めた。そんな余裕などこの数年、一度としてなかったのに、そうできる自分の変化が面映ゆく感じられた。みんなあいつのせいかもしれないと思うと、体の奥底から熱いものが込み上げてくる。男はもう一度時計を見る。まだ十五分もある。彼は頬をゆるめた。遠い昔、異性を意識し始めた頃の気持ちとよく似ていると思った。いやそれ以上の心の疼きがある。歳を重ね、分別のある人間だと知らず知らずのうちに意識し、自分もそう思い込んでいた。そしてその殻が破れた。背徳だという気持ちが一層自分の心に火をつけた。たとえ叶えられない関係だとわかっていても、突き進んでいる姿が、今までの自分とは違うように見えた。

真面目だけがあなたのいいところよ、と見下したように言った妻の顔がよぎる。そうかもしれないと今でも思う。波風の立たない生き方を望んでいた。若い女性と知り合う機会がなかったとは言わない。そんな時でも踏みださず、むしろ尻込みした。踏み越える勇気もなかったし、自分には関係のないことだと考えていた。平穏な人生で終わるだろうと思い込んでいたが、先々のことが見えてくると逆に当惑するものがあった。このままの人生でいいのか。そういう問いが絶えず頭をもたげてきた。あるいは死んだ男の言葉が、心の隅に残っていたのかもしれない。

もう行き着くところまで行くかもしれないな、と友人は気弱な笑みを浮かべながら、妙に力強い言葉を吐いたが、あの言葉は本気だったのだろうか。そして自分が今、あの男とよく似た環境の中にいると考えると、薄ら寒いものを感じることがある。

歳を取るにつれ、ゆったりとした時間の中に、身を置きたいという願望が強くなった。ただ脇目もふらず働き続けてきたが、ふとこれでいいのかという思いが、近頃は脳裏をかすめる。その反面なにか抗いたいという気持ちが年齢とともに増した。摑みどころのない漠然とした不安が襲い、真綿に包まれたように息苦しく感じられることもある。妻はこのまま歳を取っていってしまったらどうなるのかしらね、とふと洩らしたが、それは男にとっても同じことだった。

女性は四十五歳をすぎると停年なんですって。こどもも手を離れるし、気がつけばなにをやっていいのかわからない歳になっているんだって。女友達がそう言っていたわ、と妻は力なく笑ったことがある。本当にそう思うわ。その点男性はいいわよね、もっと停年が先でと、男を見据えた目の奥には、寂しげな色が浮かんでいた。彼はなにも言えず、妻と出会った頃のことを思い浮かべた。

男が妻と知り合ったのは、二十七の頃だった。彼女は男が勤める建設会社の女子社員だった。同じ社員でも会うことはほとんどなかった。若い男は現場に出て仕事をしていたし、独り者の彼は独身寮に戻ることも少なかった。残業や打ち合わせで、現場宿舎に泊まり込むことが多かったのだ。

若くもあり物を造っていく愉しみがあった。形のないものが少しずつ輪郭を見せてくる。自分は仕事をやっているのだという充実感があった。そんなある日、ビルの完成とともに打ち上げのパーティがあった。本社の管理課から彼女と、幾人かの女子社員がやってきて手伝いをした。その晩、男は酔い、社員同士でまた飲みに行った。物事をはっきりと言う女性だと男は思った。

やがて付き合うようになった。所帯を持ち、現場に泊まり込んでも家を任せられた。そして二十年がすぎた。二年前から本社に上がったが、若い頃のように、夢中で働いていた時分が懐かしかった。景気もよく、さばききれないほどの受注もあり、若くても仕事を任された。やりがいがあった。生意気だと思われることもしばしばあった。そのひとつひとつが恥ずかしくもあるが懐かしかった。

不況になり仕事も会社の内部も一変した。早期退職で辞めていく者も多くいたし、子会社や下請け会社にまわされる者も増えた。生きがいという言葉が脳裏をよぎるようになった。会社が健全な時代には考えもしなかったことだった。逆に今までの生き方がなんだったのかと自問した。ただの気の弱りだと思い直すこともあったが、さてどうすればいいかと思案すると、なにも浮かばなかった。ささやかだが守るものもできた。その守っていると思っている家族といる時が一番疎ましかった。

妻は近所付き合いをしている知人の会社が倒産したと喋ったり、世の中が不景気になったから、通っているカルチャー・センターの受講生も減少しているのだと言った。彼女は陶芸と書道を習っていた。嬉々として通っているところがあるが、本当に愉しいのかと勘繰ることもある。

受講生らしい仲間の男から、電話がかかってくることもある。誰だと訊くと、停年退職をした七十すぎのおじいちゃんだと応え、やきもちを妬いているのかと喜んだ。バスツアーで陶芸見学に行く話もしている。彼女もまた戸惑いの中にいるのかもしれなかった。

そんな時あの女に会った。男は女子社員にもらったチケットで観劇に出かけた。定時に終わり会社を出た。時間があり、同じデパートで催されている女性陶芸家の個展を覗いた。山陰あたりの素焼きを元にした花瓶や小皿を展示したものだったが、そこにあの女がいた。ほかに誰もおらず、彼が入っていくと小さな会釈をした。

男はてっきり関係者だと思った。ゆっくりと鑑賞し、まだ時間があったのでコーヒーを飲んだ。自分が観劇などするとは数年前まで思いもしなかったが、演劇に興味のある部下の女性が、たまにチケットを分けてくれるうちに興味がわいた。それもわけのわからない寂寥感を埋めていただけの気がする。

劇場に入り席に座ると、やがて陶芸展にいた女性がやってきて隣に座った。パンフレットを眺めていた彼は、ほのかな香水の香りに気づき目を上げると、相手の驚いたような視線と出会った。

女は濃い紺色のツーピースを着ていた。髪が肩まで伸び、手入れが行き届いているのか黒く艶があった。男には心騒ぐものがあった。何度も女性が隣の席に座ったことがあるはずなのに、その日の彼は奇妙な動揺に包まれていた。そしてそんな自分の心の動きがおかしくもあった。

演劇は産業革命前のヨーロッパの上流社会を風刺したものだった。見せ物は安心して見られる分だけおもしろみがなかった。男は途中で中座しようと考えたが、帰っても誰もいないことに気づき、最後まで見通した。

デパートを出て駅まで歩いた。夜の街は人通りが多くはなやかだったが、彼は自分の気持ちが沈んでいくのを意識した。なにをやっても充たされないという感情が、心の中に巣食っている。それを甘えだと打ち消そうとしたが、そう思えば思うほど当惑する気持ちが募った。

ぼんやりと歩いていると、脇を隣の席にいた女が通りすぎた。背筋を伸ばし足早に歩いていたが、信号で止まり一緒に並ぶ格好になった。目が合うと、また軽い会釈をした。黒いコートの衿が立ち、耳に金色のイヤリングが見えた。男は近くの酒場にでも勤めている女性だと考えた。そんな女性がひとりで観劇していたということに、多少の違和感を感じたが、ただそう思い込んだだけだった。

「おもしろかったですか」

次の瞬間、男は自分の気持ちとは別に、声をかけていることに気づいた。耳朶《じだ》が火照っているのを意識した。

「ええ、まあ」

女は曖昧な返答をした。

「わたしは馴染めませんでしたな」

彼はてれを隠すように笑った。信号が変わっても、女は歩調を合わせた。

「よく観られるんですか」

男は自分の部下の話をした。相手は真面目に働いている女性のほうが、却って勉強をしているのだと応じた。男はそうかもしれないと思い、ふと自分が勤め始めた頃から、現在までのことを考えた。確かにがむしゃらに生きてきたが、それでよかったのかという思いが走る。気がつけばもう人生の半ばはすぎている。ただ慌しく生きてきたのではないかという気持ちが、日に日に増してくる。都会の喧噪すら煩わしくなり、なにもかも投げ出したいと思うこともある。死んだ友人も同じようなことを言っていたが、あの男の気持ちがわかるようになった。そしてもう取り返しのつかないところまで、自分はきているのだと考えると、重く落胆することがある。なにか気になっていることがない？　と妻がなにげなく訊いたことがあるが、そう訊かれて改めて戸惑うものがあった。

「あなたは？」

「わたしですか」

「熱心に観られていましたよ」

「友人が出ていたんです」

彼女は貴族の娘役をやった女性のことを話した。ああ、と男は声を上げた。娘役をやっている女性は大柄で声がよく通っていた。多くは登場しなかったが、途中で台詞がつっかえたので印象に残っていた。

「あの子、緊張していたみたい」

「堂々としていました」

「体格はね」

男は娘役の女を思い出し、つられるように目元をゆるめた。

「同期なんです」

自分と娘役の女が劇団の仲間で、相手が初めての外部公演なので観にきたのだと言った。彼女は大手の劇団の名前を言い、ずーっと一緒にやっているが、あまり同じ公演を踏むことはないのだと言った。男は熱心に観ていた相手の表情を思い出し、納得がいった。

「羨ましいですね」

女は男が唐突に言った言葉に要領を得ず、彼の横顔を見た。

「違うんですか」

「昔はそう思って生きていたんですが、今はどうだか」

男は言葉を吐いてしまったあとに、後悔するものがあった。今し方会ったばかりの女に、なぜそんなことを言うのかという羞恥心が芽生えた。女はなにも言わなかった。

「羨ましく見えたとしたら、演技しているのかもしれない」

女は自分の冗談が気に入ったのか、もう一度弱い笑いを浮かべ、明日から九州公演に出るのだと言った。

男は一カ月後のある日、思い切って女に電話をした。もらった名刺には劇団の連絡場所と、自宅の住所が書かれていた。彼は電話をするまでその名刺を幾度となく眺めためらった。電話をしてなにをするのだという気持ちがあり、それが逡巡させた。

女は陽気だった。男は相手の明るい応対に緊張していた気持ちも解《ほぐ》れ、近況を話し食事でもしないかと誘った。受話器を置いたあと、感情が高揚していることに気づき、こんな気分はもうとっくに忘れてしまっていたと気づいた。

それからたまに会うようになった。女は自分が係わっている舞台の話をよくした。山陰の生まれだということも知った。東京に出てきたのも、こども時分から好きだった演劇をやるために、親の反対を振り切って上京してきたのだと微笑んだ。親はもう諦めてしまっていると、目線を膝の上に置いていた指先に落とした。爪にはピンクのマニキュアが塗ってあり、そこから都会に住む女の匂いを感じた。

相手は初めに会った印象よりも穏やかだった。それに男が想像していたよりも年上に見えたが黙っていた。訊けば訊かれるという畏れもあった。女は自分の生まれた土地の近くには、須佐之男命が大陸から渡ってきたという場所があると言った。それから海と山ばかりでなにもないところだと言った。

男はそれとよく似た話は九州の壱岐にあると応じた。その島の警察署のそばには国津加美という小さな神社があり、そこにも須佐之男命が渡ってきたという伝説があると言うと、女は不思議ねと興味を示した。男の祖先が壱岐の人間で、博多に出たのだと喋ると、一度訪ねてみたいと言った。

会ってたわいもない話をし、食事をしたり酒を飲んで別れるだけだったが、男には新鮮だった。自分が若い女性と会話ができるという喜びは、彼を潑剌とさせた。ある時九州までの出張があるから、壱岐まで足を伸ばしてみるつもりだ、よかったらその神社に行ってみないかと言うと、女は彼が拍子抜けするぐらい簡単に同意した。

その返事を聞いて男のほうがむしろ驚き、気持ちが昂ぶった。本当にいいのかと念を押すと、相手は頷いた。頷き方がはっきりとし、そこには強い決心のようなものが感じられた。

女は丘の上にある神社から玄界灘を眺めていた。遠くに対馬が横たわっていた。しばらく凪の海を見つめていた女は、自分の住んでいた山陰の景色とよく似ていると呟き、神社に向かって両手を合わせた。なにを拝んでいるのだと訊くと、内緒だと意味ありげに笑い、男に手を合わせないのかと訊いた。

頼みごとがないと応じると、羨ましいと言い、わたしたちのことでも頼んでみてと悪戯っぽい目を向けた。女は快活だった。彼はそれを旅に出ている解放感からだと思い込んだ。夜、汗ばんだ白い肌を抱いた。肌を合わせたが、男には相手の存在が遠退いていく気がしていた。身近な女のか細い声は、遠くの潮騒よりも遠くに感じた。吐息は乱れることがなかった。女は付き合っていた男と別れて、間がないのだと告げた。

あれから一年がすぎた。女は妻子がいることをからかうことがあった。そんな時は決まって役づくりがうまくいっていないか、公演で感情を昂ぶらせている時だった。男は自分が死んだ友人と同じ境遇になっていることを悟った。初めのうちこそ血がたぎるような思いがあったが、体が慣れてくるにつれかえって息苦しく感じることがあった。

いつもわたしはこうなのよね、と女は自嘲気味な言葉を吐いた。その言葉の裏側には、彼が妻帯者だという諦めの気持ちと、以前付き合っていた男への侮蔑が混ざっていた。男の人はみんな狡いと沈んだ声で言った。それでも考えてみれば五分五分なのよね、と無理に自分を納得させていた。狡いと言われれば、男は突き出てくる言葉を飲み込むしかなかった。妻子と別れ、ひとりになることも考えたが、臆病になっている自分がいることを知っていた。相手に言われるよりも、自分が気づいていることのほうが狡猾だと思えた。死んだ友人のように、だから人生はおもしろいんだろと、嘘でも笑い飛ばせるほどの胆力は持っていなかった。

女から電話があったのは昨日の午後のことだった。声は落ち着いていたが、拒むことを遠慮させるほどの強さがあり、日時と場所を指定した。男は受話器を置いたあと胸騒ぎを覚えた。そのくせ体の芯に疼くものを感じた。だんだんと肌が合うようになってきて恐い気がするわ、と言った女のあまい声が高揚した体を包んだ。

あなただって恐いでしょ？　と相手は男の目の奥を覗くように見つめた。男にはそんな言葉さえ心地よく感じることがあるが、一方では女の気持ちが揺れ動いていることはわかっていた。時間が経ってくると、彼女のどこか張りつめた声音のほうに、心騒ぐものが生まれていた。土曜の午後に出かける男に妻は不審がっていたが、訊きだそうとはしなかった。香水の匂いがすると、なにげなく言った時の夫の表情の変化に彼女は驚き、かえってなにも訊けなくなっていた。訊けばもっと不安になることが露出してくるのではないかという思いがあった。自分の察知していないことが、密かに進行しているのではないかと猜疑心を持つと、彼女の全身に鳥肌が走った。それがなんであるか気づいているが認めたくない。認めればすべてが崩壊するという畏れがあった。そのことを夫も気づいているからこそ、以前より温和な声をかけてくれるのだと彼女は考えた。

男は粘液質な暖気に促されるようにコートを脱ぎ、店内を見回した。女の姿はない。待ち合わせの時間にはまだ間があった。煙草に火をつけ、通りを眺めた。信号が変わり、スクランブル交差点に人々が弾きだされるように溢れた。師走の街は気忙しく感じられた。

コーヒーが運ばれてきたと思い目を上げると、黒いコートを着た女が表情を硬張らせて立っていた。それから無理に笑顔をつくったように男には思えた。

「お待ちになりました？」

女は敬語を使った。

「今きたところ」

男は周りの客を見回した。女と一緒にいる時の男の癖だ。歳の離れた女性といるという羞恥心やてれがそうさせていた。女は席に座り黙っている。目の光に落ち着きがなかった。

「師走はなにもないのに慌しく感じるね」

女の返答はなく、視線を冬空に泳がせた。

「もう今年も終わりだ」

「劇団を辞めようと思っているの」

男は先刻から表情の乏しい顔をしているのは、そのせいだったのだと思った。

「どうするの？」

「まだ考えてない」

女はまっすぐに見た。端整な顔立ちの眉間に細い縦皺が走った。

「もう思い残すようなことはないわ」

「いいの？　それで」

「諦めるのも重要だもの。決断っていうのかしら。たいした決断ではないけど」

女は視線を店の入り口に向けた。男がその視線を追うように振り向くと、若い男が立ちふたりを見据えていた。それから歩いてきたが、顔は緊張で引きつっていた。背丈のある相手は女のそばに立ち姿勢を正した。

「こちら、東谷さん」

女が紹介した。立ったふたりが男を見下ろした。彼は女が言った名前を聞きすべてを了解した。その名前は以前女が付き合っていた相手だった。男はぼんやりと目の前にいる若い男の名前を反芻しながら、もうとっくの昔からこうなることを知っていたかのような錯覚に陥った。彼は目を伏せ、自分の指先を眺めた。熱をはらんだ弾力のある女の肢体が手のひらに広がった。それから初めて関係を結んだ時の、女の洩らす声を打ち消すように響いてきた潮騒を思い出した。遠くから繰り返し聞こえてくる潮騒は、自分の欲望のように思えてきた。女がなにか呟いたが、男の耳にはなにも聞こえなかった。

潮騒

男は別れた女と二度出会ったことがある。一度目は二十数年前のことだ。その日は細かい雨が降っていた。男は乗用車に乗り、交差点で停車して降りだした雨を見ながら、仕事先で会った相手のことを考えていた。

その男は建設機器のリース会社をやっていたが、倒産し姿を晦《くら》ましていた。一週間前、急に電話があったが、名乗られても思い出すことができなかった。相手は自分の現状を話し、また同じような仕事を始めたから、取り引きを再開してくれと申し込んできた。男には倒産前に不渡りをつかまされて、いい感情を持っていなかったので、いまさらという気持ちがあった。

しかたなく会うと、相手は乾いた唇をしきりに舐めながら喋り続けた。羽振りがよかった頃の人を見下すような視線はなく、目は血走っていた。もう一度、取り引きを再開してくれないかと何度も懇願した。

その男と別れ交差点で停車してると、歩道を渡る人々の中に、女が赤い傘をさして通りすぎようとしていた。俯きかげんに歩き、歩道の中央で一瞬振り返った。誰かを捜しているのかと思い、男も視線を向けたが、誰も追ってくる気配はなかった。女は向き直る時、男の乗用車を見たような気がしたが、歩道を渡ると人込みに紛れていった。

二度目に会ったのは、それから三年後のことだった。男は元請け会社の打合せに出るために、昭和通りの路上パーキングに駐車しようとしていた。ウインカーを出しバックミラーを覗くと、後方の乗用車から強く見つめている女性がいた。女の乗用車が信号で停まったところで、男は声をかけた。

相手は戸惑った表情を見せたがふたりは近くの喫茶店に入った。男は自分が仲間と小さな建設会社を興したことや、日々のことを喋ったあとに近況を訊くと、相手は重い口を開き、帽子のデザインの仕事を始めたと答えた。

女は男のことをなにも訊きだそうとしなかった。会話はじきに途切れ、気まずい思いになった。彼は相手に謝りたいという気持ちを持っていたができなかった。女のかたい雰囲気がそれを拒んでいるように感じたのだ。ふたりは別れるまで二年間付き合っていた。当時、男は会計士になるための学校に通っていた。

その頃の彼は将来に対してなにも希望が持てないでいた。父親が心臓発作で突然死んだのは、彼が小学校六年生の時だった。後家を通すことを決心した母親は、男たちが住んでいた福岡から、彼女の故郷である山陰に戻った。彼女の頑張りで男と弟はやがて東京に出た。妹が大学に入ろうとする時期だった。

男の心の中には、これ以上迷惑をかけられないという思いがあった。絶えず将来にたいして漠然とした不安を持っていた。いずれは郷里に戻り、彼女を助けねばという気持ちがあった。彼は長男であるということを強く意識したが、それが負担になっていることはわからなかった。

その頃、男は簿記学校に通い始めた。当時、郷里で会計事務所を開いている母親の親類がいた。戻っても働く場所の少ない田舎では、彼のような職業なら家族が生きていけるのではないかと考えた。資格を取って郷里に戻る。そうすることが家族のためにいいことだと思い込もうとした。その選択が自分には向いていないことはすぐにわかったが、進む道はこれしかないのだと思い込み通学した。

ある日の帰り道、喫茶店に入った。店内にはほどよい冷気が流れ、彼は通りを歩く人々を眺めていた。風がプラタナスの葉を震わせ、空が急に重くなると、夏の雨が遠くからやってきた。太い雨脚は通りを走り抜けた。

「ここ空いていますか」

振り向くと、髪が濡れた女が立っていた。相手は男の右隣に座ると濡れた髪を拭いた。短い髪と白いイヤリングをした顔は涼しげで、目に力があった。ピンクの口紅を塗った唇は腫れぼったく小さかった。女は持っていた本を広げ視線を落とした。男は陽射しが照り始めた通りを見つめていたが、相手の存在が気になった。やがてコーヒーを飲み終えた彼女は腰を上げたが、立ち上がる時に穏やかな笑みを向けた。男は戸惑い気味にお辞儀をした。

夏が終わろうとしていた。夕暮れの風は微かに冷気をはらみ、しのぎやすくなっていた。男は時々喫茶店で暇をつぶした。アパートに戻っても誰が待っているわけではなく、人込みの中で孤独を紛らわせた。多くの人間の中にいればよけいに孤独が増すということに気づかなかった。以前の席に座っていると、女が座ってもいいかと訊いた。

うっすらと化粧をした頬は薄く、鼻梁が通り気品があった。落ち着いた横顔を見つめ、男はどういう人間かと想像した。生活の匂いを感じさせない容姿は既婚者には見えなかったし、学生にしては歳を取りすぎている。相手は男の視線に気づき皓歯《こうし》をのぞかせたが、また本を読み始めた。時折小さな溜め息をついた。その癖を自分では気づいていないようだった。

「いつもなにをしてらっしゃるの」

女が尋ねた。男は漠然とした不安の中に佇んでいるだけで、なにも見ていなかった。

「なにも」

女の色白の細いうなじに、汗で濡れた後れ毛が光った。街路樹の葉が茂り、日陰をつくっていた。

「蒸し暑い日だわ」

「おひとり？」

女が本を畳み、テーブルに置いた。

「そうです」

「いつも見かけますね」

男は視線を合わせていることができず、目を逸らした。横顔に女の視線を感じた。

「そこの語学学校に通っているの」

「学生ですか」

「そう見える？」

「見えます」

「なんだか嬉しいわ」

女は赤いハンカチで首筋の汗を拭った。

「もう昔の話。今は働いているのよ」

「そうですか」

「お世辞が上手ね」

彼女が悪戯《いたずら》っぽい目を向けた。

「そんなつもりで言ったのじゃありません」

「じゃ本気にしてしまおうかしら」

男はからかわれている気がして口を噤《つぐ》んだ。女の華やかな表情とは別に、澄んだ瞳の奥にもの哀しげな光が揺れ動いている気がした。尋ねられるままに、近くの簿記学校に通っていることを喋った。

「好きなの？」

女は唐突に訊いた。

「好きではありません」

男は自分の心の動きを見透かされたような気がし、返答に詰まった。女は含み笑いを残し、読みかけの本をバッグにしまった。立ち上がると、微かに香水の匂いが鼻孔をくすぐった。

その後、女と会うこともなく夏が終わった。男は簿記学校に通っていたが、家族のことを意識すればするほど重圧を感じた。それ以外に方法はないのだと無理に思い込み通学したが、講義に集中することができず無為な時間の中にいた。そして女のことは、自分の将来に対しての悶々とした感情の前でいつしか忘れていた。

結局男は学校を辞め、なにも手につかない日々が続いた。求人広告で臨時の仕事を見つけては働き、少し金が貯まったら、なにもしないという日々を送った。母親は心配し、戻ってこいと言ったが、その言葉を聞くとかえって戻れないのだという気持ちが強くなった。

一年近くが経ったある日、再び女と出会った。当時、男は渋谷の深夜喫茶で働いていた。夜勤め、昼間は下宿で眠っていた。店には無口な従業員がひとりいるだけで、彼が食事をつくり男が運んだ。広い店は深夜には客が少なく、従業員はカウンターの中で、手が空けば本を読んでいた。金を貯めてノルウェーに行くというのが夢だと言っていた。相手は、なにをしていると尋ね、男が一日中眠っていると答えると、梟みたいな人間だなと笑った。

そんなある晩、店に出るとその従業員の姿はなく別の人間がいた。年配の男は両手を突き出し、警察に捕まってしまった、どこかおかしなところがある奴だったと言った。彼は年配の男にコーヒーやサンドイッチの作り方を教わり、調理をするようになったが、ぼんやりとした不安はいつもつきまとっていた。家族をなんとかしなければという強迫観念と、どうして生きていったらいいのかという戸惑いは、日に日に募った。

客の切れ間に食事をして戻ってくると、窓辺にひとりの女性が座っていた。女は窓の外に広がる夜の景色に目を向けていた。視線は遠くにあったが、なにかを見ているようにも思えなかった。男は彼女だと気づいたが、近寄りがたい雰囲気に戸惑っていた。思い切ってそばに立つと、目が充血し、泣いていたのがわかった。

「あら」

女は笑みを向けたが、表情は強ばっていた。

「ここで働いているんですよ」

笑いかけた男の顔も引きつっていた。女が泣いていた驚きと、自分の仕事を見られたという気恥ずかしさがあった。

「辞めたの」

「合わないみたいです」

「それで見かけなくなったのね」

男は返答をしなかった。

「変なところを見ていたんでしょう」

「食事に行っていたんです」

「よかったわ。見られていなくて」

それからしばらくして、電話がかかってきて、相撲を観に行かないかと誘いがあった。

数年前、男は健康診断で腸にポリープができていると言われた。再検査のあと除去したが、くるべきものがきているのだなという気持ちにさせられた。四十で死んだ父親の歳をすぎた時、男は彼の死が改めて早かったのだと実感した。いずれ自分もそうなる。なにが起きても甘受するという心構えはできていた。

ある時男と女は喧嘩をした。女は仕事がうまくいかず、気がせいていた。言い争いのあとに、彼は感情が昂ぶり不妊症と声を上げた。女は自分が年上だということを気にし、一緒に暮らしていくことを不安がっていた。不妊症と言われた相手は表情を強ばらせた。五年間の結婚生活で、こどもができないことを悔やんでいた。以前、夫と関わりのある女が妊娠し、別れてくれと直談判にきたという話を聞いた。それがもとで別れたのだ。彼女の動揺の大きさと哀しむ顔を見て、とんでもないことを言ってしまったと悩んだ。女はそのまま姿を見せなくなった。

女と別れたあと、男は基礎工事会社に勤めを持った。仕事を覚えるために工事現場をまわり、職人として働いた。疲労し深い眠りを手に入れることができた。女のことはもう思い出すまいと決めた。

直《じき》に働いていた会社がつぶれ、男は数人の仲間と会社を興した。やがて二十年が経つ。従業員も増え、仕事の受注も安定している。人生はどこでどうなるかわからないということを、近頃は思うようになった。その後、結婚した妻はこどもがいない生活を淋しく感じているようだったが、男にはその思いが伝わってこなかった。

こどものことを考えると、女へ浴びせたあの言葉が胸に突き刺さってくる。妻には悪いがこどもはいなくてもいいと考えていた。父親が早死にし、そのあとのことを思うと気後れするものもあった。四十をすぎてなおさらそのことを強く意識した。自分の年齢と漠然とした死を考えるようになると、かえって生きるということを意識させられたが、ひとりで生きて死ねばいいのだという気持ちにもなっていた。

そうは思っていても別の感情が育ってきているのもわかっていた。しきりと別れた女のことが思い出された。会ってもどうなるものでもなかったが、あの一言がどれほど女を傷つけたか。別れたあと一度だけ出会ったが、謝ることはできなかった。

いつか女の生まれた土地に行ってみたいと思っていたが、逡巡させるものがあった。いいところなのよ。太平洋がすぐ目の前で潮騒が聞こえるの。女が囁いた声が月日とともに膨らんでいた。女が生まれたところは九十九里の町だった。海辺の小さな町。こどもの頃はいつも真っ黒に日焼けしていたわ。女の陽気な声が鼓膜を突ついた。

その町がどこにあるのかも知っている。行こうと思えばすぐにでも行ける。それでなにをしようとしているのかと考えると、ためらわせるものがあった。女の親はその土地に、東京から医師として赴任し居着いた。だからわたしは九十九里っ子。波の荒い日本海の海しか知らなかった男は、ながい砂浜が続く穏やかな海を想像し、ひそかに憧れを持った。

男が女のことを以前よりも気にかけるようになったのは、自分の中に老いを意識し始めてからだ。死を見つめる年齢になり、かえって生を意識する。万が一また女に会ったとしても、切れた糸が繋がるはずもない。つらかったことやいやなことが、振り返るといい思い出になるということに、ようやく気づく歳になったが、相手がそうとは限らない。なにを今更という気持ちがある一方、抑え切れない感情が芽生えていた。不妊症。思わず言った時の女の表情は脳裡から消え去ることがない。それどころか日に日に男の脳裡にふくらんでくる。

朝、男は会社には出社せず、取り引き先に直行すると事務員に伝えた。高速道路に乗ると、東金方面に向かった。女がどんなところで生きていたのか知りたいという気持ちを抑えることができなくなったのだ。妻が、何時に戻るのかと訊いたが、まともに視線を向けられなかった。早く帰ってくるつもりだと告げただけだった。それならどこか出かけましょうか、と彼女は誘った。そうだなと、男は曖昧な返事をしたが言葉を止めた。

男は運転しながら妻の表情を思い浮かべた。自分と所帯を持たなければ、もっと別の生き方があったのではないか。誰もいなくなった家で一人でいる姿を想像すると、彼は重い気持ちになることがあった。飼い犬を甘やかす妻の姿が胸を刺した。

山田インターを左折した。ゴルフ場と併設した建売住宅が見え、坂道を下って行くと、大網の駅前に出た。

「九十九里町はどちらのほうでしょうか」

男は駅前でタクシー運転手に訊いた。

「二十分ぐらいじゃないか」

若い運転手は吸っていた煙草を靴でもみ消し、通りをまっすぐに行き、海に出たら右折するのだと教えてくれた。

「どこからきた？」

運転手は視線を走らせた。

「東京です」

「一時間ちょっとだろ。高速ができたからな」

海までは二十分はかからなかった。男は海岸に並行し道路を走った。窓を開けると潮の匂いが忍び込み、白い波濤が弓形の海の先からやってきていた。男は道路脇に車を停めた。なにをやっているという声が遠く奥から届いた。馬鹿なことをやるな。そう呼びかけるもうひとりの自分がいた。

一軒の海の家に入った。客は誰もおらず、年老いた男女がぼんやりとしていた。七十すぎのふたりは陽に灼けていた。

「なんにしますか」

壁の品書きを眺めていると、ビールかいなと言い、おいしいはまぐりもあると促した。男は老女の言うままに注文した。はまぐりはボウルにあふれるほど積み上げられていた。

「あんたは通だっぺ。今頃ここにくる人間が一番いい思いをする」

老女は皺が集まった口元をゆるめた。理由を訊くと、貝は節句からうまくなるし、夏前の今頃は値段も安いのだと言った。

酔いはゆっくりと襲ってきた。波音が心地よかった。彼は微睡《まどろ》みながら、なぜ今も女のことを思い続けているのか考えた。ふと見せる淋しげな表情は、年々輪郭を浮かび上がらせ、女は男の中で歳を取ることはなかった。

海辺を犬が走っている。波が足元までやってくると尻尾を巻き逃げた。毎日、犬を連れて散歩をしている妻の姿が一瞬脳裡をよぎったあとで、男は二年間の女との付き合いを反芻した。女は自分に好意を持っていたわけではなかった。ただ淋しさを紛らわすだけだったのだ。そして男は苛立ちあの言葉を吐いた。あれですべてが終わったはずなのに未練は膨らみ続けた。女がこの海を眺めながら生きていたのだと考えると、男は胸が熱くなった。男は疲れていた。いまさらなにをやっているのだという声がまた届いた。

微睡みから醒めた。老女はよく眠れたか、ずいぶんと眠ったから、アルコールが抜けたはずだと笑った。男は前川医院はどこかと尋ねた。彼女は、ああと嗄《しゃが》れた声を上げ、先生が病気だからやっていないかもしれないと言い、陽射しの強い通りを指差し、あの信号を曲がったところだと教えてくれた。

男は信号まで停車をせずにやってきた。次の信号の前に、医院はあると言った老女の声が蘇り耳朶が火照った。すると髪の短い女性が飛び出した浴衣姿のこどもを制止し、身なりを点検していた。男はブレーキを踏み、彼女たちの動作を見た。

こどもは歩道を渡り、反対側に行くと手を振った。女が木垣の家の中に入ろうとする時、男の乗用車に目を向けた。彼女の表情が強ばるのがわかった。彼は乗用車を発進させ、バックミラーを見返すと、相手は立ち止まり乗用車を見続けていた。祭りを知らせるマイクの声が響き、女がよく言っていた潮騒は聞えてこなかった。

川

妻の美和子と息子の幸夫はサッカーの試合に行き、おじいちゃんがこられるまでには戻りますから、犬の散歩はお願いしますと言って出かけた。犬は小学生の三年になる幸夫が、登校途中に拾ってきて八カ月になろうとしている。骨格がしっかりしてきて逞しくなった。

「午後の十二時二十分の飛行機で羽田を出ます。出雲空港には一時半に着くと思いますので、よろしくお願いします。本当にどういうことでしょうな。あの歳になって田舎のことが無性に懐かしくなるんですから。やっぱり歳を取ると、遠い昔のことを思い出すんでしょうかな。いずれにしろ田舎のないわたしなどからみれば、羨ましいところもありますが、それもみな道夫さんがそっちにいて、親切にしてくれるからですよ」

受話器を取ると従弟の和夫が明るい声で言った。

「わたしのほうもまたどうなるかわかりませんし、やがて定年ですしな。あの人と親子でなにもせずに日長一日暮らすのかと思うと、複雑なものがありますよ。わがままさせていますからな。先々どうなるかと心配ですよ」

「喜んでくれれば、わたしのほうもありがたいですよ」

「そう言ってもらえれば気も楽になります」

和夫は五年前に十年近く滞在していたドイツから本社勤務になったが、子会社に行くようになると、またヨーロッパに出るかもしれない、辞令一枚で動かされる勤め人を、企業戦士と言うのは当たっていると笑った。

「故郷なんですから、懐かしくなるのは当然ですよ」

「最近は話すことといえば、こども時分のことばかりですからな」

叔父の小川喜三郎は今年八十四歳になる。京都の大学を出て会社勤めを終え、現在は和夫夫婦と暮らしている。二十歳前に土地を離れ、法事以外戻ってくることはなかったが、三年前から一年に一度戻ってくるようになった。親戚も少なくなった彼は道夫の家に泊り、近くの川で釣を愉しんでいた。

なぜ喜三郎が急にそういう気持ちになったのか、和夫はわからないと言う。夏が近づけば行きたいと言ってきかない、郷里のことなど口にしたことがなかったのに、どうしたことかと言った。

「好きにさせたほうがいいですよ」

「迷惑じゃありませんか」

「叔父さんが喜んでくれると、こちらまでも嬉しくなりますよ」

喜三郎は三人いる兄弟の末っ子だった。長兄が家の跡をとり、次兄の公二郎は遠縁に養子に出された。三人は仲がよかった。道夫は公二郎が四十近い時のこどもで、夫婦が諦めていた頃に生まれた。それからどうしたことか弟も妹も生まれた。呉服屋を営んでいた公二郎は、京都に買い付けに行っている時に、風邪をこじらせ四十半ばで死んだ。

道夫たちの学資援助は喜三郎がやってくれた。自分が学生の頃、長兄や次兄に余計な無心をしたので、その恩返しだと言っていたが、身内が少しでもよくなればという思いがあるようだった。経済的に厳しくなっていた道夫の母親は、喜三郎の申し入れを素直に受けた。ことあるごとに叔父さんには感謝しなければいけないし、あなたたち兄弟も叔父さんたちのように、仲良くしなければいけないと諭した。

道夫は東京に数年いて郷里の山陰に戻った。喜三郎は偉くなりたかったら都会にいろと言ったが、店を閉じひとり暮らしをしている母親のことを思うと、自分が郷里に戻らなければならないと考えた。市役所に勤務し二十六年が経った。

土地は寂れていくばかりで、人口も減り続けている。夜になると駅は無人になった。急行が停まっても、降りる人間はほとんどいない。人口に対しての老人の比率は、全国でも五指に数えられるまでになっていた。

もし町に賑わいがあるとすれば、春と秋の彼岸市の時だけだ。三百年は続いているという彼岸市は、近隣の市町村から人が集まり活気があった。それすら近年は精彩がない。道夫がこどもの頃には、神社や寺の境内にサーカス小屋や見せ物小屋がかかっていたが、数年前からやってこなくなった。

「一層のことそっちに隠居部屋でも造って、暮らさせようかとも話し合ったんですが、もうあの歳じゃそうもいきませんしな。なかなかうまくいきません。あんな歳になって、急に生まれ故郷を懐かしがるんですから」

和夫は思案げに言った。

「そう気にせんでもいいですがね。こんなことでもなければ恩返しもできませんしね。いいじゃないですか、喜んでくれるなら」

「とりあえず妻が羽田まで送り出しましたから、お願いします。いやなことがあったら叱ってくださいよ。老いては子に従えなんて、口では言っていますが、そのくせちっとも従わないんですから。昔の癖が抜けないのか、わたしと妻に指図ばかりするんですよ」

道夫は受話器を置いた後、一年ぶりに会う喜三郎のことを思った。すでに長兄と次兄は死んだ。喜三郎の妻も亡くなった。それで長男の和夫夫婦と暮らすようになったが、毎日のように碁会所に通っているらしい。自分でぼけ防止だと言っていると和夫は言った。

道夫が東京で学生生活をしている時も、毎月決まった金を振り込んでくれた。申し訳ないという気持ちになり、もう十分だと断ったこともあるが、昔借りた恩義を戻しているだけだと反対に諭された。

結局、郷里に戻ってきた道夫は二十数年経った今でも、ありがたかったという気持ちがある。こうして静かに生きていけるのも、彼のおかげだと感じていた。

喜三郎は一年に一度里帰りをしてもなにも言わなかったし、ただ自分がこどもの頃遊んだ川に出て釣をするだけだった。釣に行かない時は縁側でぼんやりとしていたが、道夫はその横顔を見て、なにを思っているのかと考えることがあった。やがて死を迎える老人の佇まいは、見る者を緊張させる。そしてこの叔父がいなければ、自分もまた別の人生を生きていたのだと思うと、感慨深いものがあった。

道夫は出迎えまでに時間があるので、犬を連れて散歩に出た。町の中央を流れる白鷺川には、錦鯉が泳いでいる。春先に生まれた鴨たちが、水草の間から姿を見せた。弱い小波が向こう岸から追ってきた。町は川を境に南町と北町に別れている。

橋の反対側には数軒の居酒屋と割烹店が並んでいる。居酒屋の窓硝子が陽射しを反射し目を突く。遠くで梵鐘が鳴り、音は町じゅうの空気を震わせていた。土地を取り囲む山々は勢いがあり、中空を海が近いせいか海鳥が舞っていた。木橋や川沿いに並ぶ家並みも、昔から代わり映えがしない。

道夫は数日前の新聞に載っていたこの町の記事を思い出した。全国で一番の過疎化が進んでいる土地だと書かれていた。その記事を読み、やっぱりなという気持ちになったが別段驚きはしなかった。都会に出た者たちが帰郷せず、逆に親を都会に呼び寄せていることもわかっていた。

若いうちは盆や正月に戻ってきて、友人たちと会ったりしていたが、近頃はそういうこともなくなった。しかし道夫には年齢を重ねてくると、ゆっくりとした時間が流れているこの町が、案外といいものだと思えてきた。なぜ活性化をしなければならないのか。静かに暮らせればそれでいいのではないか。最近はそんなことを考えるようにもなった。

都会に出た多くの仲間が、土地にいる道夫のことをうらやましいと言うようになった。故郷は遠くにいればいるほど身近に感じて、別れた女のことを思い出す気持ちに似ていると、墓参りに戻ってきた同級生が言ったことがある。その時道夫は苦笑いしただけだが、喜三郎が戻ってくるようになり、その思いがわかる気がしてきた。彼らの話を聞いていると、結局、人はなにを生きがいにして生きているのかと思うようになった。

十数年しか住んだことがない喜三郎が、あの歳になって急に懐かしがるのはいったいどういうことか。勤め人としては成功し、それなりの老後を送っているように見える彼の人生は、本当に充たされているものなのか。匂いや吹く風の温かさがあると喜三郎は言ったが、どこに懐かしがらせる匂いがあるのか。堰で銀鱗が光り、鮎が跳ねた。河口から三瓶山の麓までいくつもの堰ができた。上流にはダムもできた。有力政治家が誘致したものだが、はたしてあのダムが必要だったのだろうか。川の水量は減った。鮎が命をかけて昇っても、彼らが棲息する場所はなくなった。それなのに昇る。喜三郎も鮎と同じように見えてくる。


出雲空港に着くと、喜三郎は乗客の最後からやってきた。白い縁つきの帽子を被り、赤い半袖のシャツを着ていた。派手な格好が目に飛び込んできた。

「お久しぶりです」

「こうしてあんたのところにくるのが、毎年愉しいよ。いつまでこれるかもしれんがな」

「元気そうでなによりですよ」

「年寄りだからいつどうなるかわからんさ」

助手席に座ると、喜三郎はぼんやりとあたりの山々に目を向けた。

「あの付近がいま騒がれている銅鐸や銅矛が出てきたところですよ」

道夫は夏の陽射しを受けている山並みに目を細めた。

「この辺も変な土地だが、あんたたちが住んでいるところのほうが、もっと変だろ。都会にいると実はそういう気がする」

道夫が住む土地は、古くは出雲圏に属していたが現在は石見地方に入っている。大和系の人間が入り、出雲勢力を分断した場所だが、神社を見れば出雲系、大和系と一緒に渡来系の神社もある。彼らが渡ってきて同化しないという土地もあったし、百済岬、新羅神社などと大陸との関わりを示すものがあちこちにあった。先祖が鎌倉時代に関東から入殖したという喜三郎や道夫の親が、自分たちは新しい住民だという話を聞いて、彼はそんなことを思い続けている喜三郎たちを不思議に感じたことがある。

「どうですか。関東の生活は?」

道夫が尋ねると、喜三郎は一瞬怪訝な顔をしたが、右手に横たわる島根半島を見つめていた。

「変わったな。このあたりも」

「飛行場もできましたし、医大もできました。出雲は人口がずいぶんと増えたそうですよ」

道夫はそこまで言って言葉を止めた。それとは別に自分が住んでいる町は過疎が進んでいる。隣町なのにどうしてかという思いが言葉を詰まらせた。

「戦後五十年で、野放図な国になってしまった。どこでもうまい水が飲めたのに、日本中の水が飲めなくなった。多量に水がある国なのに、外国の水を買ってまで飲むようになってしまったんだからな。都会の水なんて飲めたものじゃないだろ?」

「こっちだって同じですよ。消毒された水ですから、少しもうまくありません」

出雲を抜けると、右手に日本海が広がった。返答がないと横を向くと、喜三郎は眠っていた。左顎に老人性のしみが浮かんでいる。去年にはなかったものだ。八十半ばで旅行ができる体力には驚くが、道夫には老いてもなお戻りたいという故郷は、いったいなんなのかという気持ちが、喜三郎と会うたびに生まれてくる。

海は凪だった。遠くに小舟が浮かび、夏雲が立ち上がっている。なにも変わらない夏の光景だが、故郷を離れた者には引きつけるものがあるのか。自分たちにも気づかない回帰本能が残っているのではないか。道夫がそんなことを考えていると、出雲と石見の境目の峠を越えた。喜三郎は小さな鼾をかいている。陽射しが顔に当り、剃り残した白い髭を照らしている。眉毛も白い。老いは形になって、肉体に現れていた。

「着きましたよ」

目を醒ました彼は、ぼんやりと周りを見回しただけで返答をしなかった。

「五対三で負けちゃったよ。おれも一点入れたんだけど、向こうのチームのほうが断然強かった」

戻ってきた幸夫が近寄ってきて試合の報告をした。

「残念だったな」

「しかたないよ」

入賞してメダルをもらうと張り切っていた幸夫は口を尖らせた。

「挨拶は？」

「こんにちわ。釣に行くんでしょ、早く行こうよ」

「おじいちゃんは疲れているんだから、釣は明日」

美和子が喜三郎を家に入れた。彼は公二郎の仏壇の前に座り、いくつで死んだかいな、もうなにもかも忘れてしまうんだから、ぼくももうじきお迎えがくる、と乾いた唇の端を舐めた。

「こんなに生きるとは思いもせんかった」

焼香をすますと喜三郎は言った。

「少しお休みになったほうがよろしいですよ」

「行くぞ」

幸夫が喜三郎に訴えるように言った。

「公二郎もこどもが遅かったけど、あんたも同じみたいだから、可愛くてしかたがないだろう」

近づいてきた幸夫の頭を撫で、行くかと訊いた。おう、行こう行こうと、幸夫は喜三郎の腕を引いた。

「明日だろ」

道夫が制止した。喜三郎が腰を上げた。やったあと幸夫の顔がほころんだ。

「ねえ、おじいちゃん、去年と同じところでいい？」

「そうだな」

「凄かったよね」

幸夫は竿を持ったまま土手を走る。喜三郎は立ち止まり、里山の向こうの三瓶山を仰いだ。空気が澄んでいるのか稜線がはっきりとしている。

「水が少なくなった」

「ダムの影響ですよ」

「こどもの頃、筏を浮かべて遊んだことがあるのに。筏から落ちてびしょぬれになった」

喜三郎の目尻がゆるんだ。先を走った幸夫が早くと呼び土手を下った。喜三郎は転ばないように腰を屈めて下りようとした。道夫が手を出すと大丈夫だと遮った。

「おじいちゃんはみみずなんでしょ。ぼくは練り餌。どっちが釣れるか競争しよう」

釣り人は誰もいなかった。堰で遊ぶ者もこの頃はいない。自分たちがこどもだった時分には、まだ鰻や鯉を捕っていたと、喜三郎と釣りに出るようになって道夫は気づいた。農薬を使うせいか夥しくいた蛍の姿も見なくなった。田螺《たにし》もいない。それらのものを捕って川魚料理屋に持っていくと、人のいい親父が引き取ってくれた。それを仲間たちと喜んだことを昨日のように思い出す。

その川魚料理屋も店を閉め、家族は土地を離れた。あの頃は夕方になれば川筋に出て夕涼みもしていたし、花火も上げていた。こどもの数も多かった。結局、日本はいまでも出稼ぎで成り立っているのさ。学校を出ても田舎に職場がないから、戻ってきたくても戻ってくることができない。ぼくもその口さ。都会で偉そうにしていて、所詮は出稼ぎだな。去年そう言った喜三郎の言葉を思い浮かべた。

彼はまだあの言葉を覚えているだろうか。そう思って目を向けると、竿を伸ばし糸を結ぼうとしている手先が震えていた。道夫が代わって糸を結んでやると、喜三郎は黙って彼の指先を眺めていた。

「いいですよ」

「じゃ、おじいちゃん、いまから決闘だからね」

道夫が結びを終え餌をつけると、幸夫は川べりまで寄り竿を投げた。決闘だ、決闘だと喜三郎も頼りなげに糸を垂らした。

堰からは透明な水が流れ落ち、古びた杭の先に水鳥が止まっている。傾いた陽射しが川面を照らしている。喜三郎の浮きは川の流れに添って迂回していた。その浮きが葦のそばまでくると沈んだ。

「おじいちゃん」

幸夫が声をかけると、喜三郎はゆっくりと竿を持ち上げた。中空に小魚が跳ねた。喜三郎は小振りの山《やま》女《め》を大きな手で握り、ほおーれと幸夫に見せびらかした。なんだよおーと幸夫は悔しそうに睨みつけた。

「昔よく泳いでいたな。潜ると魚が仰山いた。釣るより手摑みでやったほうが早いほうじゃった。もう八十年近く前のことだからな。南北朝の頃の北朝と南朝の争いや、銀山の争奪戦の時にはこの川を挟んで戦いをやったと、おばあちゃんが言うとった」

「おばあちゃんですか」

「日本海で外国の軍艦を見たという人だった。びっくりして腰を抜かしそうだったと笑わせたことがある。出雲の人だったが十八の時分に嫁にきた。よく里帰りの時に連れて行ってもらった。養子に出た公二郎兄には悪い気がした。おばあちゃんはこの付近には殺された武士の死体があるから恐いと、見てきたように言う人だった。人家も少なくて危ないから行かせないようにしていたのかもしれん。魚もおるし、夏はいい遊び場だったから、みんなよくきた」

道夫は喜三郎と会うのを楽しみにしているところがあった。それがなんであるか気づいていた。父親は養子だったが、兄弟であることには違いない。喜三郎が話す言葉は、自分の知らない遠い昔を呼び寄せてくれるようで、どこか懐かしく感じられることがあった。

「ねえ、まーだ」

釣りに飽きはじめた幸夫が催促をしだした。陽は沈もうとしている。

「時間がなくなってしまうよ」

去年、喜三郎は堰を跳ねる鮎を笹で器用に叩き落とした。川面を見つめていると、鮎が昇っていく姿や跳ねるのが見えた。それを笹の葉で打ち、仮死状態になったところを捕った。

「やるか」

喜三郎の声は明るい。一年前、鮎を叩きはしゃぐ幸夫の姿を見て、おじいちゃんが知っていることはみんな教えてやると喜んだ。昇る鮎を仕掛けて捕ればいいものをと道夫は思ったが、素朴な遊びにふたりが喜ぶのを見て黙った。夕暮れのほうがよく上がってくると道夫が言うと、幸夫はそのことを覚えていて待ち続けていた。川べりの竹を道夫が切り落とし幸夫に渡すと、彼は持っていた竿を放り投げて川に入った。

「早く。おじいちゃんも」

「滑ると危ないからいいよ」

道夫が言った。

「心配せんでもいい」

「寝たきりになったらどうするんですか」

道夫は数年前、凍った雪に足をとられ、そのまま寝込んだ美和子の祖母のことを思い出した。

「その時はその時だがな」

「いいんですか。そんなことを言って」

「あんたもわしくらいの歳になるとわかる。好きなように生きたつもりでも虚しいもんさ。この歳でもまだ欲が出てくる」

喜三郎はゆるい水の流れのほうに左足を入れていく。

「速くて見えないよ」

「じっと目を凝らすんさ」

「おじいちゃんだってよく見えないんでしょ」

「だから佳夫がやるんさ」

「おれ佳夫じゃないよ」

幸夫は名前を間違えられ不平を言った。佳夫は海外で、七歳で亡くなった喜三郎の息子だった。生きていれば五十はすぎている。喜三郎は一瞬惚けた顔をし言葉を詰まらせた。

「ほれ、上がってきているぞ」

コンクリート堰の傾斜に鮎が跳ねた。幸夫が笹の葉を打ち下ろすと、鮎が腹を見せて流れた。それを道夫が慌てて網で掬った。誇らしげに目を輝かせた幸夫の小鼻がひくついていた。

一時間近くで喜三郎と幸夫は、六匹の鮎を落とした。やがて道夫は、土手に人の気配を感じて視線を上げた。六十前後の女性が老女を乗せた車椅子を引き、彼らの仕草を見下ろしていた。

「なにを捕っておるんですか」

「鮎です」

「捕れるんですか」

道夫は笹に通した鮎を見せた。喜三郎が手を休め、車椅子の老女を見上げた。考え事をするように視線を外さず、彼女を見つめていた。老女は視力が弱いのか、水の音を聞くかのように小首を傾げ、視線を上流のほうに向けた。片目が白濁していた。

「誰ね」

喜三郎が尋ねた。

「確か川のそばの谷田部さんとこの人だと思います。知り合いですか」

顔色が変わった喜三郎に尋ねると、なにか喋りたそうに口元を動かしたが、言い淀んだ。それから急にもうやめるかと幸夫に言った。

「どうして」

幸夫は喜三郎と道夫の顔を見比べ戸惑った。

「かわいそうやろうも。せっかく川を昇ってきたんやから」

なんだよおー、もっとやりたいのにと幸夫が頬を膨らませた。土手に上がると、喜三郎は改めて車椅子の老女を見た。相手も視点の定まらない目で彼を見ていた。喜三郎は深い皺を顔に刻んだ、痩せた老女に視線を投げかけていた。

「もう斑《まだら》ぼけなんですよ。おばあちゃんの中では時間が自由に飛び回っているんです。こどもの頃に戻ったり、戦争中のことになったり。つらかった思い出がいい思い出になっているんでしょうかね。広島に原爆が落ちた時、そこの高校にも多くの被爆者が避難させられ、おばあちゃんたちは手当てをさせられたらしいですけど、たくさんの人が死んだみたいですよ。ぼけていない時はなにも喋らなかったんですが、ぼけてくるとよく喋るようになったんですよ」

喜三郎は干涸びた老女の手のしみを眺めている。彼が返答をしないことがわかると、娘は車椅子の背を押した。

「みっちゃんだ」

喜三郎が呻くように呟いた。

「誰ですか」

「昔、知っとった人や」

喜三郎はそれ以上答えようとはしなかった。彼の横顔に動揺の色が走っていた。道夫はふと、若い頃、行きたがっている川の近くに好きな人がいたらしいですよ。未練ですかね、と明るく言った和夫の言葉が思い出されてきた。もっと別の場所のほうがいいと誘っても、釣れんでもいいとはにかみ、頑なに動かない喜三郎の姿を思った。

振り返ると、喜三郎は夕暮れの土手を歩く女たちの後ろ姿を見つめていた。彼の夏の薄い影が、老女を追いかけるように伸びていた。

「おじいちゃん」

幸夫が呼ぶと、彼はおうと右手を上げ近づいてきた。川面で鮎が飛んだ。途中で彼はもう一度老女のほうを振り向いた。車椅子の相手は彼の影から少しづつ逃げていた。

向き直った喜三郎の顔は硬張っていた。道夫たちが見ていると、その表情がゆるみ笑ったはずだが泣いているように見えた。川面で銀鱗がまた跳ねた。鮎だと幸夫が指差すと、喜三郎は視線を泳がせたが、道夫には彼がなにも見ていないように思えた。

菩薩

人様の言うことなんか信用しちゃいけないというのは、十歳の時にはわかっていたつもりだ。それなのにあの助平そうなちょび髭を生やした警察官は、一時間近くも説教をたれた。挙げ句の果てに相手が告訴を取り下げたので、運がいい奴だとうんざりするほど言った。五回目まで数えていたが、あほらしくなって途中でやめた。

運が悪いと思っているおれに、運がついていると言う。開いた口がふさがらないと言うのは、ああいう時に言う台詞《せりふ》だ。おまけに自分の若い時分の苦労話まで喋り出した。ひら警察官の苦労話を聞いて、更生する奴がいたとしたら、そいつは相当の間抜けだ。

「なあ、おい。おまえならまだ充分やり直しができる。そう悪い奴ばかりじゃないぞ」

警察官はおれを引き取りにくる石塚がくるまで、取り調べ室で煙草を勧めながら忠告した。大きなお世話というもんだ。

「馬鹿をやる歳でもありませんからね」

おれは暇つぶしに相づちを打ってやった。

「だろう」と相手はこっちの顔をのぞくようにしてうなずいた。「真面目に生きるのが一番いいんだぞ」と言った。十日前の日曜日、おれはスナックで知り合った女の部屋に呼ばれた。女は二十八だと言った。こっちより七つも年上だったが、どこかくたびれてなげやりなところがあった。玄人しか相手にしたことのないおれはいくらだ？　と訊いた。相手は変なことを言わないでよととがった目を向けた。脇で一緒に飲んでいた仕事仲間の昭夫は、うまくやったなと脇腹を突いた。

夜間工事から帰って朝風呂に入り、汗臭い体を洗い流し、はやる気持ちを抑えていた。ひとりでに鼻歌が出てくる。こんな日は一生のうちでもめったにあるもんじゃない。同部屋の昭夫は深い眠りにつき、大きないびきをかいていた。いつもなら気になり蹴飛ばすが、その日はまったく気にならなかった。

おれは駅前で買った下着に穿き替え、昭夫がつけている安物の香水を体中に塗りたくり、ついでに陰毛にも塗った。手ぶらで行くのも不粋な気がし、洋菓子屋でショートケーキを買い、女が教えてくれたマンションに向かった。部屋は小綺麗に片付けられ、ＣＤコンポからは外国の歌が流れていた。

「本当にきてくれたのね」と女は囁くように言った。「約束は破らないさ」とおれは鷹揚に言った。胸の鼓動は格好つけたわりには早打ちをしていた。

「上がりなさいよ。そんなところに立っていたら変でしょ」とぶっきらぼうに言ったが、悪い気持ちはしなかった。

「いいのか」

「当たり前でしょ」

おれが部屋に上がり、ぼんやりと部屋の中をながめていると、相手は座れと声をかけた。整理箪笥の上にはこどもの写真があった。七歳くらいのパーマをかけた小生意気そうなこどもを、女はわたしの娘だと言った。「亭主はどうしている」と訊くと、「二年前に死んだわ」と言った。それから早くお金を貯めて田舎に帰りたいのだと顔をくもらせた。

なんだ、やっぱりそうかと思い、財布から金を出そうとすると、そういうことじゃないのとにらんだ。年上の女がにらむのもなかなか捨てたものじゃないと思った。相手は冷蔵庫からビールを取り出し、なんに乾杯しようかしら、と若い女のように小首をかしげて見せた。「なんでもいいさ」とおれはてれながら言った。「じゃ、わたしとあなたのために」としおらしいことを言った。

一時間くらいどうでもいい話をやっていた。女は新潟の山奥の出身だと言い、中学を出るまで海なんて見たことがなかったと笑った。一年の半分は雪の中で生活し、干物ばかり食べ、魚はいつも海にいるからしょっぱいものだと思い込んでいたと言った。「笑い話にしてはできすぎているな」と言うと、女は本当の話だと肩をたたいた。

そんな話に誘われたわけではなかったが、おれは生まれ育った郷里の話をした。おやじはこっちが小学校五年生の時、脳出血で死んだ。酒ばかり飲んでいたので罰が当たったのかもしれない。一度だけおれの目の前でぶっ倒れて痙攣をおこしているのを見た。頭から倒れ手をひきつらせていた。医者はこれ以上酒を飲んだら死んでしまうと言った。

それでも酒をやめなかった。そして一週間後に本当におだぶつになった。世の中にどんな不満があったか知らないが、とんまな人生だったと思う。勝手に生きて勝手に死んで行ったようなもんだ。おれ達のことなんか少しも考えていなかった。どうせみんな死んでしまう、遅いか早いかの問題だ、と小言を言っていたあの男の言葉が鼓膜にこびりついている。今頃は三途の川を渡って閻魔と酒盛りをして、大騒ぎをやっているかもしれない。あの男から教わったものがあるとすれば、期待をするな、すれば失望があるということだ。なんとなく当たっている気もする。

親父があの世に行ってから一年もしないうちに、おふくろはおれと妹を捨てて若い男と逃げた。犬や猫だって腹を痛めたこどもを捨てたりはしないというのに、おれ達を平気で捨てたりするのだから、開いた口が塞がらない。今は顔すら忘れてしまったが、思い出すたびに反吐《へど》が出る。

おれと妹はばあさんに引き取られた。彼女はおれ達を育てるために身を粉《こ》にして働いた。朝早くから夜遅くまで畑仕事をし、夜業をやっていた。そんなおれ達を誰も助けてはくれなかった。蔑《さげす》んだ目を向けるのが関の山だった。そのばあさんもこっちが東京に出てきてまもなく、どしゃぶりの雨の中で心臓発作で死んだ。長年の無理が祟ったのは間違いなかった。

ばあさんは東京で暮らそうと言うのを振り切って、田舎で暮らしていた。どんなに生活が苦しくても歳を取ると、自分の育ったところがいいらしい。年寄りにとって、都会のほうが田舎よりも過疎だと言っていた彼女の考えは当たっていた。近所にいた老婆は話相手がいなくて惚《ぼ》けてしまい、小便をたれ流してあちこちふらついている。ばあさんの選択は賢明だった。

彼女が死んだのは妹とおれが東京見物をさせてやりたいと思っている矢先だった。これから楽ができる時に死んでしまうなんて、余程《よほど》不幸な星の下に生まれてきたものだ。

「結構苦労したのね」と女は哀れんで言った。「わたしもそうかもしれないけど」と小さく笑った。「人の言うことなんか信用しちゃいけんぞ」とおれは腫れぼったい目をした女に言った。「そうなのよね、もっと自分のために生きなくちゃいけないのよね」と相手は自分に言い聞かせるように呟き、溜め息をついた。

小学生の時、若い女教師が人のために生きなさい、弱い人を助けなさいと偉そうに言ったが、そんな言葉はみんな嘘っぱちだった。腹が減り、畑のトマトを千切って齧《かじ》っていたら、農夫の熊手のような手でおもいきり殴られた。そのお陰で右の鼓膜は破れてしまった。自分が悪いのはわかっている。しかしこどもを張り倒さなくてもいいだろう。おれはくやしくてその男の息子を殴った。相手の前歯で拳は切れたが殴り続けた。

トマト一個と右耳の鼓膜を交換じゃ割りに合わない。今でも屈辱の入り交じった複雑な気持ちになる。次の日、女教師は、とがった視線でこっちを見据え、人の物を盗んではいけないと口汚くののしった。おれはふてくされ、前の席の女の子の後ろ髪を引っ張った。相手は大げさに泣き、また女教師にびんたを食らった。

格好いいことばかり言っていた教師は人の亭主を寝取り、そのうち下腹部が迫《せ》り出してきた。トマト一個取るのと人の亭主を寝取るのじゃ、どっちが罪が重いのかと真剣に考えた。教師はおれの顔をまともに見ることができなくなったが、同情心なんか湧いてこなかった。

「先生、人の物を盗んじゃいけんぞ」とおれが大声で言うと、あいつはうつむいた。いい気味だった。女教師が孕《はら》んだ野良犬のように思えた。息苦しそうに腹を出して歩いているあいつに小石を投げつけた。

　おれは右耳が聞こえなくなったことを、ばあさんや妹には喋らなかった。喋るとおれ達が一層惨めになる気がしたし、悲しみでばあさんが卒倒するんじゃないかと思った。

「いろいろなことがあるわよね」と女は言った。みんな昔話さ、とおれは女を手繰り寄せた。相手はあまい声を洩らして重そうな肉体をあずけた。「性急やねー」と唇を向けた。おれはそれを吸った。

「いいの？　おばさんよ」

「かまわんさ」

「悔やむかもしれないわよ」

　話は決まったと思い立ち上がり、おれはシャツをぬいだ。こっちの背中を見て女はあんたと言ったきり、言葉を失った。怯えたような視線を向け体をこわばらせていた。女の顔色が変わっていくのが心地よかった。

「心配いらん」

　おれはわざとやさしい声で言った。背中の刺青が火照《ほて》っているのがわかる。刺青を見ると男も女も同じように身構える。怯えながら見られていると思うと、背筋がぞくっとする。

　女をもう一度引き寄せると、体じゅうに緊張感が走っていた。

「怖いわ」

「わたしはなにも知らなかったのよ」

「なにがね」

女は体を硬直させたままこっちを見ていた。「往生際が悪いがね」とおれは笑った。相手は観念し、追い詰められた動物のように後ろを向き、黙ったままワンピースをぬいだ。肉付きのいい体が現われた。「一度だけよ」と泣き出しそうな顔で見つめたが、女の勘違いは滑稽だった。たかが刺青じゃないか。銭湯に入っても男達は遠巻きに背中を見る。酒場に行っても勘定を取らない女将がいる。人はおれの中身を見ることはなくなった。それならそれでいい。かえって好都合というものだ。目の前にいる女もおれの観音様の刺青を見て、態度が変わった。相手がどう変わろうとおれの知ったことじゃない。おれはおれだ。

「本当に一度だけよ」と女は頼んできた。弱い者を見ると余計にいじめてみたくなる。おれはわざと視線をとがらせて横になれよ、と押し殺した声で言う。上等な人間じゃないなと思う。相手の目には恐怖の色が走る。追い詰められた兎だ。

女は両肘で胸のふくらみを隠している。薄い掛け蒲団を引っぱり上げて首まで隠し、じっと見つめている。後悔しているのは女のほうだ。おれをどこかの地回りと思っている。おもしろい勘違いだが知ったことじゃない。勘違いなら勘違いでいい。どうせたいした違いはない。

「早くすませて」

女が目をかたく閉じたまま棘《とげ》のある口調で言った。おれは相手が掛けている蒲団を剝いだ。女は脚を伸ばしたままぴくんと体を硬直させた。脚と脚の付け根に薄い陰毛が散らばっている。今し方までの媚びたような雰囲気はどこにもなかった。

夏の風がビルとビルの間を吹き抜けている。風は生温い。工場用桟橋は両岸の古い家の脇に構台のH鋼を打ち込み、下流からようやく三分の二を架けたところだ。H鋼を打設するたびに騒音と振動があり、平屋建てが密生する土地の住民は、しかめ面をして見つめている。補障金はたっぷりともらっているはずなのに、まだ足りないという顔つきだ。

汗が作業服を濡らしている。刺青をしている体からは汗は吹き出さず、脇腹や首筋から流れている。溶接面をつけた額からも流れる。おれは打設した鋼矢板の腹にブラケットを溶接し、切り梁を取りつける。刺青を入れてからは汗を異常にかくようになった。暑い日は息も荒くなる。ながい舌を出して喘《あえ》いでいる犬と一緒だ。

去年の暮れに貯めた金をおろし、新崎に自分も彫りたいと頼んだ。五十を過ぎた相手はおれの申し入れを信用しなかった。あんまり粋がってやっちゃいけねぇよと諫めた。

「後悔するぞ」

「しない」

「気の迷いではすまされないぞ」

ある晩仕事が終わり、風呂に浸かっていると新崎が入ってきて、こっちに背中を見せず湯槽に浸かった。無口なあいつを気に入っていたおれが、背中を流しましょうかと後ろに回ると、背中一面に不動明王の刺青が施してあり息を飲んだ。右手に降魔の利剣を持ち、左手に縄を持って火炎を背にして座っていた。おとなしい新崎とは裏腹な刺青だった。「余計なことをするもんじゃないがね」と言ったが、おれは背中一面に広がっている不動明王を丹念に洗った。怒った形相が美しかった。

「どこで彫ったんですか」

「つまらんことを訊くな」

新崎の怒りと背中の彫り物の怒りが同化してくる気がした。「もう、よかよ」と言ってこっちの手をはらい背中に湯をかけた。不動明王がおれをにらみつけていた。

彫り師の家は門前仲町の永代橋の近くにある。橋の手前を右に曲がった路地のどんづまりにあった。時々船が下る音がした。窓を開けると隅田川の河口だ。かすかに川の匂いがし、対岸の川べりには防波堤のようにビルが建っていた。左手の佃島には新しい高層住宅が聳《そび》えていた。平屋の戸口には小さな看板が掲げられ、彫り辰、という文字が墨字で太々と書かれていた。

「ごめんください」と軋《きし》む木戸を引いて、三、四度呼んでも応答はなかった。彫り辰の家の前には様々な観葉植物が並べてあり、よく手入れが行き届き青々としていた。突然隣りの家の格子戸が開くと、太った女がおれを見下ろした。冬だというのに簾《すだれ》がぶら下がっていた。

橋の袂《たもと》で渋滞でもしているのか、乗用車のクラクションの音が路地を抜けて聞こえてくる。海鳥が風に抗うように飛び橋を越えていた。川は淡い葡萄色をしていて、高層ビルの姿をぼんやり映し出していた。

対岸の信号が変わっても橋の上の乗用車は動かず、遠くでパトカーの警報が鳴っている。上流から小波を分けて観覧船が通り過ぎ、年配の男女が川から陸の景色を観ていた。橋の袂ではビルが骨組みされ、タワークレーンが鉄骨を旋回させていた。鉄骨の梁の上を鳶職が歩きガス溶接をしている。火花が飛び散り、川面に放物線を描いていた。

昨晩、石塚に明日休ませてくれと頼んだ。「どうしてだ」と相手は訝しそうにおれを見た。どういう時期だかわかっているのかと露骨に不快な顔をした。護岸工事は近隣の苦情と、昔の船着場だということもあり、木杭や夥しい石積みが出てきて、作業は一向に捗《はかど》らず、工期に間に合わないところまできていた。一週間前から昼夜の突貫工事に入っていた。

「駄目だな」石塚はそっぽを向いた。

「妹が病気なんや」

「どうなるかわかっているだろうな」

おれは返事の代わりに飯を目一杯頬張って黙った。朝、職人が迎えにくる前に部屋を出た。あたりはまだ暗かった。門前仲町の駅までやってきても時間はまだ早かった。深川不動を回り、富岡八幡宮に行った。

冬の境内に参拝者は少なく、若い夫婦と老女がお宮参りをしているのか、生まれて間もない赤子を中にして写真を撮っていた。「すみません」と藤紫の和服を着た老女が近づいてきて、写真を撮ってくれと頼んだ。

おれは撮れないと手で遮った。老女は、簡単ですから、シャッターを押すだけですからと媚びた。距離を取りファインダーをのぞくと、平和そうな家族がほほえんでいた。こういう奴らがニッカーボッカー姿のおれ達を蔑んでいるのだ。「写すぞ」と声を上げると、彼らの笑みが一段と広がった。おれは焦点をずらし、遠くで賽銭箱に銭を放り投げる腰の曲がった老婆を写した。知ったことじゃねぇと思った。

なにくわぬ顔でカメラを戻そうとすると、若い女房ががきを抱えたままやってきて、もう一枚、撮ってくれと頼んだ。がきはなにも知らずに眠っている。女はおれにカメラを押しつけると、家族のほうへ走った。「お願いします」と女ががきの顔がよく写るように抱え上げ、そばから老女が涎《よだれ》をハンカチでぬぐった。

「いいかい」とおれは中腰になり声をかける。「いいですよ」と明るい声が戻ってくる。老女が鳩を誘き寄せるために餌をばらまく。屋根にとまっていた鳩が、それを見て群がってくる。「ほーら、ほーら」と老女は光沢のない白い入歯を見せてか細い声を上げる。まったくたいした演出だ。

おれがファインダーを再びのぞくと、鳩があいつらの足元で餌を突ついている。「押すぞ」と言うと、一斉に華やかな笑顔をつくった。おれはすばやく足元の鳩に焦点を合わせて、シャッターボタンを押した。

あいつらが礼を言うのを背後に社務所に行き、退屈しのぎに御神籤《おみくじ》を買った。大吉だった。嘘つけ、と思った。まるめて砂利の上に捨てた。

「彫り辰には昼過ぎから行くんだぞ」と新崎は言った。昨晩までやめろと引き止め、いい事なんかひとつもないぞと諭した。あきらめるつもりは端《はな》からなかった。おれにはおれの生き方がある。人のやさしさなんかいい加減なものだし、憐れみや同情なんか糞食らえだ。そんな施しをもらうくらいなら死んだほうがましだ。

朝からなにも食べていないことに気づき、鳥居の前でパンを齧った。ぶらぶらと歩いても新崎が指定した時間には、まだたっぷりとある。

近くの喫茶店に入ると、朝から老人がコーヒーを飲みながら朝刊を読んでいる。馴染みの客なのか、店主が時折声をかけていた。株式新聞を見ながら耳にイヤホーンを当てている者がいる。緊張などどこにもない光景だ。目を閉じ軽く吐息をする。現場では午前中の休憩が始まる頃だ。仲間はおれが今朝ふけたのを噂しているかもしれない。石塚は怒っているはずだ。一悶着あるかもしれない。

あったところでどうってことはない。おれの代わりはどこにでもいる。こっちが重宝がられるとすれば、若いということぐらいなものだ。若ければ出稼ぎの職人より労賃を値切れるし、年寄りよりも少しは使い易い。３Ｋの職場にそう若い奴が就職してくるとは思えない。現におれより若い奴はいないし、同じ歳の三上がいるだけだ。最近はあいつらにいたぶられて知恵がつき、おれにも多少の打算はある。猫の手も借りたい石塚が、おれを馘《くび》にできるはずがない。馘になったところでこんな仕事ならどこにでもある。あわてることなんてなにもない。

新崎が工事現場の河床から吹き上げる風に体を震わせながら、かじかんだ指先に煙草を挟んでふかしている姿が浮かぶ。体裁をつけるのも、結構大変なもんさ、と言った新崎はなぜ背中いっぱいに不動明王を入れたのだろう。そしてなぜおれに刺青など入れるなと言ったのだろう。ただの粋がりだけで彫ったのだろうか。おれは絶対に後悔なんかしない。


あの日は本当にくたびれた。二日間まともに眠れない昼夜連続の仕事だった。目を閉じてもアーク溶接の火花で目が焼け、目の玉の奥に青白い光が点《とも》ったままで眠れなかった。それならいっそ眠るものかと、岸田からシャブを買った。

「気がつくのが遅いんだよ」と岸田は一グラム一万円で売りつけた。昼間の日当がほとんどすっとんでしまういい値段だった。

「足元をみるな」

「万能薬だろうが」

岸田は充血した目を向けた。頬がまた窪んで見えた。やがてこいつの骨はスポンジのようにすかすかになって崩れてしまうだろう。三度の飯よりシャブが好きで、そろそろ禁断症状が出てくるはずだ。そのうち頭がいかれて、工事桟橋の上から死のダイビングでもやらかすかもしれない。そうなったとしても自業自得というもんだ。

　岸田のそばでは飯炊き女がおれを見ている。一昨日もふたりして、中古のアメ車で国道沿いのモーテルに行き、朝まで帰ってこなかった。岸田の腹の下で、家鴨のようにガーガーわめいたはずだ。その前の日あいつにぶん殴られ、目の周りがパンダのようになっていた。あいつらの喧嘩は前戯のようなもんだ。

　女は岸田が九州から掻っ払ってきた奴だ。ふたりの娘がいると言っていた。あいつの持ち物は女も車もみんな中古だ。そのうち乗る女が変わって、ポンコツ車と同じように捨てられるだろう。みんなそれを期待しているところもあるし、次は自分がご相伴にあずかろうという者もいる。ハイエナみたいなもんだ。

「たいがいにしとけよ」とおれ達が言っても嘲笑《せせら》っている。「ついているもんが違うのかのう」岸田は股間を握りしめてにやついた。

　シャブ漬けにされた女も、そのうち見境もなく男を欲しがるようになるだろう。そうしたらみんなで可愛がろうと、肉付きのいい尻を、おあずけを食らった犬のようにながめている。こちらの準備はいつでもOKというわけだ。「女も肉も腐りかけが一番うまい」と昭夫は言っている。

　岸田は二日間眠っていない。神経が過敏になっているのか、それとも幻覚が始まったのか、冬空に散らばっている星が取れるとまじめな顔をしてほざいていた。三上はそろそろやばいんじゃないかと言って、仕事中にも岸田から距離をとっている。

夜も眠らず働き、おれ達はなにをやっているのだろう。眠気醒ましにシャブを射って突貫工事をやる。人様が眠りについている時に、少しくらい川を広げたくらいで一体誰が喜ぶのか。

「どうするんだよ」と岸田がけしかけた。

「もらう」

「可愛くない奴だな。最初からそう言えばいいものを」

岸田は財布の中にしまっている銀紙を取り出し、手のひらを広げ、金と引き替えだと言った。おれはかさついた手の中に一万円を載せる。岸田は干涸《ひから》びた唇を舐めて、上物だからなと恩着せがましく言った。

水で溶かし、ライターの火で銀紙を温めて注射針に吸い込ませた。シャブが血管の中を走り抜けると、体が急にしゃきっとする。「どうだ」と岸田が目を細めてこっちの顔をのぞいた。

「三途の川を渡る一歩かもしれんぞ」とにやついた。「黙っていろ」とおれは声を殺し目を閉じた。体が軽くなり、岸田の声が頭の芯まで届く。「これさえ射っていれば、何日も眠らずに稼げる」と岸田は自分の腕にも刺し、エイズは大丈夫だろうなと言った。「阿呆」とおれは目を閉じたまま言った。悪い陶酔ではなかった。

二日後の休みの日、おれはびっくりするくらい深い眠りについた。仕事が終わり、風呂に入り、すぐそのあとに寝床に就いたのだから、まだ八時にはなっていなかった。夢さえ見なかった。遠くで自分のいびきだけが聞こえていた。

目が醒め、枕時計に腕を伸ばすとまだ九時だった。再び目を瞑り眠ろうとすると眠れなかった。腹が無性に空いていた。あたりを見回すと、薄い掛け布団をかぶった新崎が、老眼鏡をかけてスポーツ新聞を読んでいた。「やったな、おまえ」と低い声で言った。まる一日眠っていたぞとにらみつけた。

食堂に下り冷えた飯を食らって、ようやく一息ついた。花札をやっている昭夫が目が腐ってしまうぞと言った。「ほっとけ」とおれは苦笑いした。昭夫は口に猪口を持っていく格好をして、行くかと訊いた。おれが笑うともう少しで終わると言った。

風は地面を這うようにして吹いている。昭夫は稼いだ金を数えながら、たまにはいいことがあるとにやついた。確かにいい晩だった。花札で儲けた昭夫は大盤振舞をやってくれ、しこたま飲んだ。次の日は仕事だったが、眠りたければ現場に行くまでにバンの中で仮眠すればいいし、昼間の休憩時間に控え室で眠ればいい。職人のいいところがあるとすれば、ニッカーボッカーを穿いたままどこでも眠れるということだ。サラリーマンだったらこうはいかない。人の目が気になってできるはずがないし、第一背広が台無しだ。それに酔ったおれには、岸田から買った例の物が頭をかすめていた。いざとなればあれをほんの少しやれば、睡魔なんかどこかに消えてしまう。まったく結構な代物だ。

いまさらなにが起きたってびっくりすることはない。刺青を入れてシャブをやっていれば、どう見たって半端者だ。人様と同じように生きたっておもしろくはないし、他人に好かれようなんて思ったこともない。人様が助けてくれるなんてないことを、こどもの頃からおれは骨の髄まで知っている。職人稼業で生きていくと決めた以上、多少のはったりも役に立つというもんだ。

「なあ、一回でいいからさ」と昭夫はしきりに女を口説き、頼みますとしつこく頼んでいる。女は煙草を吸いながら笑っている。「なんでも言うことを聞くからさ」昭夫はお辞儀をしている。以前、栃木の奥に出張仕事をした時に、あいつは飯場の近くにあったスナックに通いつめて、ただひたすらに選挙中の候補者のようにお願いします、お願いしますと連呼していい思いをしたことがある。あれから味をしめて同じ手ばかり使っている。

「いい加減にしないと」

「これが一番いいんだよ。馬鹿になっているとみんな安心するんだよ」

「本物の馬鹿なくせに」

昭夫は栃木で知り合った女を東京まで連れてきて、二月近く一緒に住んだが、あいつが一週間の泊りの仕事に出ている留守に、家財道具をみんな売り飛ばされて家出された。ついてきた女のほうが一枚上手だった。「そのうちなんとかなるさ」と有り金全部持っていかれたが懲《こ》りていない。

そしておれもカウンターの中にいる女に、昭夫と同じように誘いをかけた。どういう風の吹き回しか、次の日曜日に会う約束をしてくれた。「な、へたな鉄砲も数打ちゃあ、当たるだろ」と昭夫は少しくやしそうだったが胸をそらした。「まあな」おれは苦笑いをしたが半信半疑だった。

その晩、酔ったが女との約束は忘れないようにした。「ただのつまみ食いだよ」と昭夫は言い、なんでもありがたがらなくちゃ駄目だぞとこっちの肩を叩いた。

護送車の前と後には年輩の警察官が座り、おれ達を監視している。車がブレーキをかけるたびに両手の手錠が食い込む。金網から見える街は別世界だ。尿検査で陰性だったということをおれは知っている。腕にも注射針の跡は残っていない。あの女が喋っただけだ。証拠なんてどこにもない。焦っているのは警察官のほうだ。

頭にきたあいつらは二週間に二度もお茶引きをさせた。朝八時に護送車で地裁に行き、暖房も完備していない寒い部屋で。おれは朝から晩まで、そこの長椅子に腰掛けさせられて順番がくるのを待った。みんなが終了してもこっちの出番はない。寒い部屋で動くこともできず、何時間も震えていた。そしてまた留置所に戻された。ただのいやがらせだ。それを二日続けさせられた。多分今日も同じことだ。

護送車が急ブレーキで停まる。おれは前のめりになり、横に座っている男と一緒に倒れた。繋がれたロープが引っ張られ、手錠で手首が締まり血が滲んでいる。

「なにやっているんだよ」とサンダル履きの男が怒鳴る。護送車は動かず、若い警察官が金網の向こう側から後部座席の同僚に合図を送っている。クラクションが鳴っている。

前方を見ると薄汚れた赤犬がよこたわり、日溜まりの中で毛繕いをしていた。寝そべって動かないのを知ると、おれ達の間で静かな笑い声が洩れた。

「追っ払ってもらえませんか」

若い警察官が言うと、年配の警察官は舌打ちしながら扉を開けた。「犬が犬を追っ払うなんてできすぎたしゃれじゃないか」誰かが言うと、笑い声がはじけた。

護送車は商店街のパン屋の前に停車していた。人だかりができ、おれはそのうちのひとりと視線が合った。若い女は怯えたような視線をはずし、人込みに隠れた。「仲間喧嘩をするんじゃないぞ」とまた喚声が上がった。女は遠くから路上にいる犬よりもおれを見ていた。

目を前方に向けると、警察官が道路の反対側に逃げている。赤犬は前脚を屈め、低い唸り声を上げ威嚇している。犬は警察官が逃げるのを見ると、満足そうにまたその場に座り込んだ。「このまま走ってみますか」と若い警察官が言った。「そうだな」と外の奴が腕組みをした。「警官が犬殺しをやるのか」と先程の男が言った。

やがて犬は起き上がり、前脚を伸ばして欠伸をした。ながい舌を出してゆっくりと歩道へ向かって行き、また腰を落として護送車のほうを見た。早く通れ、と言っているようだった。

「いい見物だった。滅多に見れる代物じゃない。あの犬に金でも投げてやりたい気分だ」隣の男が言った。先刻まで男をつくった女を半殺しにして放り込まれたと呟いていた。

おれはあの時の女のことを考える。十日も経ってなぜ訴えたりしたのだろう。こっちがあの女と関係を持ったのもあいつの部屋だったし、声を上げようとしたらいくらでも出せたはずだ。第一あいつのほうから観念して関係を結んだじゃないか。

それなのに訴えた。どうみたってあいつに分が悪いのは一目瞭然だ。それにシャブまで使ったと言った。あの女が薬のことまで知っているのはどういうことだ？　幸いおれの体から反応は出なかったが、出ていたとしたら一体どういうことになっていたのだろう。おれは最後までしらばっくれるつもりだ。喋ったところで誰も得をする者はいない。おれの体をおれがどうしようと勝手だ。「野良犬に噛まれたようなものね」女は終わった後に苦し紛れに言った。あの女がどうしてだと思う。

おれは視線を金網から外に向ける。犬はじっとこっちを見ている。群がっている人間の目も犬と同じようにおれ達に向けられている。犬も見せ物、おれ達も見せ物だ。

「運のいい奴だな、おまえは」目の前の老警察官はもう一度言った。石塚が早く引き取りにきてくれればと壁の時計を見るが、時間はなかなか進まない。警察官は調書を改めて広げ、おれの息子と同じじゃないかと言った。たったそれだけのことでこいつはおれに更生を図らせようとする。

先日の犬に追われてだらしない格好で逃げている様子を見たら、なにを言っても届かない気がする。本当に職務に忠実な犬だ。おれの刺青を見て絶句し、それから馬鹿なことをしたもんだと気を抜いた。息子の年齢とだぶらせているのかもしれないが、別におれはやくざじゃない。誰にも文句を言われない鳶職人になりたいだけだ。シャブでぱくられたものだから、こいつはおれがあっちの世界に片足を突っ込んでいると思っている。

こいつらからしてみればたいした違いじゃないかもしれないが、おれのほうには大きな違いがある。世間ではやくざも職人も同じようなもんだと思っているところがある。確かに職人にはそっちの人間が多いし、荒っぽいところがあるが、大層な本社ビルを建てて威張っている元請けだって、一皮剝けばたいした違いがあるわけじゃない。

銀行だって突き詰めれば金貸しだし、軍隊だって人殺しが生業というもんだ。いざとなれば本性が出る。土建屋がやくざだっていいわけだ。多少の気性の荒さがなければビルもトンネルもできやしない。算盤《そろばん》を持っている奴にビルなんか建てられるはずがない。餅は餅屋に任せておけばいいのに、周りがあれやこれやと言う。なぜみんな同じにならなくちゃいけないんだ？　刺青をして仕事をやってもいいし、どんな格好で作業をやってもいいというもんだろう。

それを手なずけられたおとなしい人間にしてしまおうとする。知識と知恵が違うくらいのことは、おれだって知っているのに、みんな学歴や知識のことばかりほざいている。そういう奴に限って、おれ達を胡散臭い目で見るのだ。いい加減にしろよと言いたい。

小一時間も説教している人のよさそうなこの警察官もそうだ。おれがこいつの職務をよく知らないのと同じように、こいつだっておれがどういうことをやっているか知らない。ただうわべだけしか見ていない。おれの職業が３Ｋの代表だとすれば、この警察官だって３Ｋに近い職業なのに不平を言わない。言うと自分達が惨めになるかもしれないが、そんなに楽な職業があるとは思えないのに、見た目の華やかさに惑わされている。

ノイローゼにならないこつは、体をくたくたにくたびれさせることだと、新崎が自嘲気味に言ったが一理はある気がする。おれ達の職場には本当に頭がいかれる奴は少ない。その分、体を動かしストレスがたまっていないのだ。馬鹿は死ななきゃ治らないというが、おれは利口だと思って生きている奴も棺桶に入らなきゃわからないと思う。

「こんなことをやっていると親御さんが悲しむだろ」

警察官は煙草の箱を向けて吸えと言う。おれは一本抜き出し思い切り吸い込んだ。頭がくらっとする。相手は自分もふかし、健康のためにやめなくちゃいけんのだがなと呟く。壁の向こう側でサイレンの音がし、音はゆっくりと遠退いている。

重い空が広がっていた。二度彫り師のところに足を運んだ。やせた男が薄暗い部屋から顔を出したのは、午後三時を過ぎていた。

「さっきもきたかい」と五十近い男は訝《いぶか》しそうにこっちを見た。

「二時間ばかり前に」

「だろうな」

男は暗い部屋に視線を流した。部屋の陰では衣擦《きぬず》れの音がし、やがて顔を上気させた女が出てきた。相手は彫り師の横を擦り抜け玄関口に下りた。

「来週の今日に」と女は男を見上げた。

「そうですな」と男は言い、彼女が路地を曲がりきると上がるように勧めた。おれは上着のポケットから新崎が書いてくれた紹介状を渡した。

「若いのに余程の決心だな。ここにはやめさせてくれと書いてあるぞ」と男は義歯を見せた。

「根性をつけさせてください」おれが頼むと、相手は照れくさそうに首に長い指を当てた。

「本気かい」

「生きているうちが華ですから」

「途中で逃げ出す者がいくらでもいる」

男は姿を消した今の女も彫っているところだと言い、女のほうが我慢強いし、度胸もあると言った。

「思い詰めていても気が変わるからな」男はコーヒーを啜《すす》りながら諭した。


三日後おれは再び訪ねた。彫り師は今日は暇だと言って酒を飲んでいた。「どうしても彫りたい」と言うと、後悔するなよと念を押した。

「で、なにを彫るんだい」と酒を舐めるように飲みながら訊いた。

「観音様」

「ほお」男は浅黒い顔を向け、こっちの顔を見直した。

「我慢比べみたいなもんだぞ」

「わかっています」

「どうだか」

男は彫り終わるまで酒を飲むな、風呂にも入るなと言った。「どうして観音様を入れる気になったんだい」と興味深そうに訊いた。よくわからないとおれは答えた。おれと妹を育てるために朝早く起きているばあさんの姿が浮かんだ。彼女はお日様が出てくる時間になると、家の前に立ち両手を合わせた。そして撒き水をしていた。

「なんを拝んでいるんな」と訊いたことがある。「なんも」とばあさんは笑い、あんたらが早く大きくなるように拝んどるんよと言った。彼女の人生は一体なんだったのだろう。じいさんに先立たれ、必死になって育てた息子にも先立たれ、孫を置いて嫁は若い男と姿を晦《くら》ました。そしておれ達が一人前になるのを見届けるようにして死んだ。いい目なんかどこにもなかった。

そのばあさんは他人の墓にも地蔵にも頭を下げていた。老いていく自分に不安だったのだ。おれが観音様を背中に背負う気になったのは、やはり彼女のことが頭の隅にこびりついているからだ。観音様を背負うということはばあさんを背負って生きていくということだ。逃げたおふくろはどこにいるか知らないが、今でも憎悪が燃えたぎっている。ばあさんと親父は今頃は三途の川の向こう側で、おれ達の話でもしているかもしれない。

「いい話じゃないか」

おれがばあさんの話を彫り師にすると、感心したように呟いた。「そういうことならおまえは大丈夫だ」とまじめな顔をした。「いいものを彫ってやるからな」と相手は言った。「頼みます」おれは誇らしげに応えた。その日、相手はおれの筋肉質の体を見て、なにをやっているのだと訊き、鳶職人をやっていると言うと、いい仕事じゃないかと嬉しがらせた。一番初めの針が背中に刺さると、これで後戻りはできないのだと決心した。針は痛みを伴っておれの背中をゆっくりと動いていた。


二カ月目におれの背中で観音様は生きていた。人がこっちを見る目が変わった。風呂に入っていると遠巻きに見るようになった。結局、人はおれ自身を見ているのではなく、おれのうわべだけを見ている。

暮れに仕事仲間と伊豆の温泉に慰安旅行に行った。今年一年も無事に終わり、無事故だということを祝って石塚が奮発してくれた。

新崎とおれが湯槽に浸かっていると、客は急に押し黙り早めに上がり始めた。「な、これから辛いぞ」と新崎は言った。お湯から上がり、宴会場に通じる廊下を歩いていると、浴場で会った男が廊下の端に寄り、こっちが歩き去るのを待っていた。刺青を見られたことによって周りが変わってきた。仕事の疲れをとるために好きだったサウナも出入り禁止になった。生きていく場所も少しずつすぼまった。

「大変なんだよ、彫り物を背負っていくのは」と新崎が弱い笑いを洩らした。彼がなぜもの静かでひっそりと暮らしているのかわかる気がした。刺青を入れているというだけで目立つ。人前に出ればもっと目立ち、いわれのない後ろ指を指されることもある。周りが静かにさせない。どこか新崎が修行僧のように思えてくるのは、他人との接触をことさらに拒んでいるからかもしれなかった。

与えられた仕事を黙ってやり、人をののしることも卑下することもない新崎は、ああだこうだと言う人間よりも上等の人間に見えてくる。おれがあいつをいい男だと思うのは欲もなく、淡々と生きているように見えるからだ。

酔った新崎は気心が知れてきたおれに、一度だけ昔話をしたことがある。二十歳過ぎの頃、福島の炭坑町にいたということだった。彼はそこで食えなくなった家の娘を売り飛ばした。「若かったから、残酷なこともできた」と笑い、どんな罰が当たってもしょうがないわなと言った。

数年前、床屋に入り散髪をしていると、孫と遊んでいる初老の女と顔が会い、どこかで見た顔だと考え続けていたが思い出せず、目を開けると、その女が交替して髭を剃っていた。剃刀を持っている女も不思議に思い、新崎と同じことを考えているようだった。

「いい天気だ」と相手が探りを入れるように福島訛りで声をかけてきた時、新崎の記憶は甦り、自分が売り飛ばした女だとわかった。彼女が持っている剃刀は喉元を動いていて身動きがとれず、思いきり切られるのではないかと思うと、生きた心地がしなかったという。幸い女は思い出さないまま、顔に剃刀を当てて孫の話をしていたが、散髪もそこそこに店を飛び出したということだった。あとから思うと、その女が理容師の免許を取り、孫までいて平和に暮らしているのを見て心が落ち着いたと言った。

「世間を狭くしちまったよ」と新崎はうつろな目を向け、気をつけろよと言った。「わかっていますよ」とおれは調子のいい返事をした。

なぜこの女は容易《たやす》くおれを部屋に呼び入れたのだろう。昭夫の言うように、店にきた男をつまみ食いするだけだったのだろうか。女はおれの背中の刺青を見たら震え上がった。この変わり様はなんなのだ。弱い人間は人を裏切ると新崎は言ったが、目の前の女を見ているとあながち間違った判断とも思えない。

女は郷里に娘がひとりいると言った。男なんて手慣れているはずなのに怯えている。おれは出がけに岸田からもらったシャブを女の性器に塗り重なった。これ以上のものはない、とにやつくあいつの顔が浮かんだ。女はかたく瞑っていた目を見開き、驚いたようにおれを見た。変化はすぐやってきた。おれの背中の刺青に手を回し声を上げた。感極まった女は、なによ、これ。なによ、これと呟いていた。快楽と戸惑いの中で、女は狂った。

もう二年も娘に会っていないと相手はけだるそうに言った。おれは遠い世界のできごとのように聞いた。

「どうしてだよ」と答えを知りたくもないのに訊いてやった。

「わたしが悪いのよ」

「いろいろある」

「小学校二年になるはずだわ」

「亭主は?」おれはもう一度訊いた。

「死んだわ」

「なんで」

「出稼ぎのダム工事で」

女の話を聞きながら逃げたおふくろのことが思い出された。東京のどこかにいるはずだと死ぬ前のばあさんが言った。何年も会っていないおふくろが同じ空の下にいる。今頃は若い男に捨てられて、情けない人生を送っているはずだ。

「早く娘のところに帰りたいわ」

「その気もないくせに」

冬の山陰を思った。いつまでも降り続ける雪、低くうっとうしい空、そして粘りつくような大人の視線。愉しいことはなにひとつとしてなかった。

「家の近くに大国主命が住んでいたという岩屋があった」とおれは教えた。日本海の波が押し寄せてくる岸壁の岩屋だ。厭なことがあると、その中に入り時間をつぶした。荒い波がひっきりなしに打ち寄せてきて、そのはじける波の音を聞いているとささくれだった気持ちが和《やわら》いだ。

その前で焚火をし一晩夜を明かしたこともあった。夜、大国主命が大陸を渡ってくる夢を見た。それはばあさんがいつも妹に聞かせていた寝物語だった。彼女の話では須佐之男命も大国主命も、みんな海を越えてやってきたのだという。あの土地で夢のある話と言えばばあさんの話しかなかった。なぜかあの話を聞くと力が漲《みなぎ》ってきて、おれもいつかはという気になった。自分が鬱屈すればするほど夢は野放図に広がった。

「たまには帰るの」

「帰り道を忘れてしもうた」

「法螺《ほら》吹きだわね」

女は煙草に火をつけて視線を背中の刺青にずらした。背中がむず痒かった。

「娘がわたしの顔を忘れてしまうのじゃないかと思うと心配だわ」

「勝手に生きていく」

「そうよね」と相手は自分自身に言い聞かせるように呟き、痛かったでしょと指先で観音様を撫でた。それからねえと濡れた目で催促した。

「いいんか」

「いまさら」と女は笑い、陽に灼けた馘に細い腕をからませた。

新崎は助手席で寝息を立てていた。石塚は作業がはかどったのが嬉しいのか、一杯飲めと三万円を渡し、帰りの運転手までやってくれた。おれ達はバンの後座席に陣取り、三万円を分けて花札をやった。岸田はその金があればまたシャブが買えると喜んだ。

「そろそろ幻覚が出てくる頃だから、用心したほうがいいぞ」と新崎はおれに言った。岸田のシャブの量が少しずつ増えていた。

「どうしてわかるのさ」

「ああいうものは捕まるか、自分がおかしくなるかまでやるしかない」

「やったんな」

「馬鹿は死ぬまで治らん」

バンは夢の島近くを走っている。開通した京葉線の電車が、新木場から蛇行して地下に潜ろうとしている。十三号地には起重機や杭打機が立ち並び、都心へ繋がる高速道路を築いていた。

「どうだったい」と岸田は花札を切りながら、鄙猥《ひわい》な笑みを浮かべた。

「もったいなくて言えないよ」

おれは持っている花札をたたきつけた。車が大きくハンドルを切って体がゆれた。

「報告ぐらいする義務はあるだろうが」

女は確かに驚き、その上もう一度催促した。「あんたがなにを使ったか知っているわよ」と唇をゆるめたがそれ以上を訊かなかった。刺青を見て怯えていた姿はどこにもなく、鷹揚な口振りは年上の女に戻っていた。二度目をせがんだ女は自分の世界の中にひたすら没頭した。しんみりと話した娘のことも関係なく、貪欲に快楽を貪った。「どうなってもいいからね」と充血した目を向けた。

女は別れ際にまた会おうと笑顔をつくった。おれが思っているより女の中で効用はあった。そしておれの身体にもまったく疲れはなかった。爪の先、髪の毛の先までにも神経が走り抜けていた。

「あんたが悪い人だっていいわよ」

「無理するな」

「どうせこれ以上悪くならないんだから。堕ちるところまで堕ちたら、かえって気持ちがいいもんよ」

田舎の話をし娘の話をした女と別の女がいた。「近いうちにな」とおれは格好をつけた。振り返ると相手はアパートの階段の下で見送っていた。戻れと手で合図を送り、なにが起きたってどうってことはないと思った。口笛が無意識のうちに出ていた。

確かにあの日は最高だった。しきりと訊きたがる岸田に一部始終喋りたくなるが、言うと話に尾鰭がつく。「なあ」と岸田は言い、あとで催促してもおまえの分はないからなと脅しをかけた。

飯場に戻ると入り口にふたりの男が立っていて、おれ達が乗っているバンが停止するのを待っていた。「警察だ」と岸田が座席に身を沈めた。おれはてっきりあいつがぱくられるものと思い込んでいた。

彼らはバンの降り口を塞いでおれの名前を呼んだ。とんまなのはこっちのほうだった。男達は警察の者だと言い、ついてきてくれと言った。「どうしてだ」と訊くと、しらばっくれるなと声を上げた。ニッカーボッカーのまま着替えを紙袋に入れたおれは、乗用車に乗せられた。若い男は無線で今からおれを連れて戻ると報告していた。

取り調べ室で二度殴られた。白状する気はまったくなかった。尿を取られ体を点検された。刺青が見え、刑事が大層なもんをしているじゃないかと言った。「女の男から通報があったんだよ」と自信ありげに言った。

「女?」おれが訊き返すと、知らないわけがないだろと言った。「あいつには若い男がいて、そいつがおまえとの関係を聞いて電話をしたという寸法だよ」と中年の警察官は煙草の煙を吹きつけた。女がその男と間もなく所帯を持とうとしていること、すでに同棲をしていることなどを刑事は話した。

「娘は?」

「誰の?」

「女の」

「まだ悪い夢を見ているんじゃないのか」

刑事は笑った。「おまえと違って、あいつらはまじめに働いて、結婚資金をつくっているということだったぞ」と刑事はおまえみたいな悪《ワル》と違うと言った。「嘘だ」とおれは言った。「嘘はおまえのほうだろ」と刑事は問い返した。

「女は怖がっていたぞ」

「作り話はいい」

「誰が？」

「あんたが」

おれがそっぽを向くと刑事がまた頬を張った。女は二十八歳で昼間は銀行に勤めていて。三日だけあの店で働いているということだった。おれが行った時、男は郷里の娘に会いに帰って留守だったと言った。こっちに恐怖を抱いたと言い、恐ろしくて為すがままになっていたのだと調書に書いていた。

「間違いないな」と念を押した。

「ない」とおれは言い放った。なかなかに芝居がうまい女だと思った。

「随分と往生際がいいんだな」

「生まれつきさ」

「あの女はおまえのお陰で銀行をやめると言っていたぞ」

人を信用すれば裏切られるということを、おれは忘れかけていた。都会に出てきてそれなりに食えていけるようになり、人と同じように生きようという気が、知らず知らずのうちに芽生えてきていたのかもしれない。

それにしてもあの女の行動は合点がいかない。別れ際にまた会いたいと言ったはずだ。聞き違いでもなんでもない。それなのに男に喋り密告した。やはり本当に怯え切っていたのだろうか。

「いい男らしいぞ。おまえとの関係は目を瞑るんだとさ」

おれは黙っていた。

「狂犬に嚙まれたようなもんだと言うとったな」

女は感極まって男の名前を呼び続けていた。かずおというのがその名前だった。

「おまえみたいな奴を見ると、女なら誰でも怖くなるさ」

そんなはずはなかった。女は間違いなく自分の世界を浮遊し続けていた。騙されているのは男や刑事のほうだ。「しばらく留まることになるな」と刑事は勝ち誇ったように言った。おれが連行されてくる時、岸田は口にチャックをする仕草を見せ、両手を合わせた。最後まで突っ張るつもりでいた。それはあいつらのためでもあったが、おれ自身がそうすると決めたことだ。

尿は陰性だった。おれが知らないと言い張るうちに、刑事達は動揺の色を顔に滲ませた。そして何度かお茶引きをさせられた後に、突然釈放された。

「どういうことだ」とおれは訝しがった。

「相手が勘違いだと言って取り下げたんだよ。迷惑な話さ」

「勝手じゃないか」

「厭ならここにいてもいいんだぞ」

小さな窓から軍艦マーチの曲があふれ、パチンコ屋の店員の声がマイクを通して響き渡っている。その声が途切れると、こどもが泣いている声がした。取り調べ室の上は柔道の練習場になっているのか、警察官の気合いを入れる声と、畳に叩きつけられる鈍い音がしていた。小さな窓からなんの変哲もない日常生活が侵入する。無性に風呂に入りたかった。

「遅いな」と髭を生やした老警察官は腕時計を見ながら言った。小一時間近くおれを説教し、それでも時間が余ると貧乏ゆすりを繰り返していた。「もうあの女のことは忘れるんだぞ」と諭すように言った。

「わかっています」おれはまもなく退職するはずの男に哀れさを感じて、神妙に応えた。

「いいことはこれからもいっぱいあるからな」

あんたはどうだったんだ？　と訊きたかったがやめた。そういいことなんてあるはずがない。あればおれ達はこうして喋り合っていないはずだ。警察官はしきりと時計を見ながら、三人の娘を大学に入れ、もうすぐ一番下の娘が嫁に行くと言っている。後は女房と静かに暮らすだけだと満ち足りた顔をつくった。

「厭かい、こういう話は」

相手は冗舌になっている自分を恥じているらしく苦笑いをした。

「まあね」

「だろうな。そのうちわかる心境になるさ」

警察官は足元のストーブに冷えた手を温める。やがて鉄製の扉が開き、まだ若い婦人警官がやってきて彼を呼んだ。

窓の外を見る。空からは雪が下りている。今頃新崎はなにをしているのか。仕事でくたびれた体を風呂でほぐし、酒を飲みながら馬鹿話に花を咲かせているのかもしれない。岸田はどうしているのか。おれが喋ると思って不安がっているに違いない。無事に出てきたことを知ったらどんな顔をするだろう。たっぷりと礼をさせてもらうつもりだ。そしておれを騙した女はどんな気持ちでいるのか。こっちが出てくることを知って、あの部屋はとうに引き払っているはずだ。知ったことじゃないと思う。

「いいぞ」

扉が開き、警察官が安堵した声で言った。

「ようやくきたよ」彼が振り向くと、防寒着を着た石塚が立っていた。石塚は部屋に入るなり、おれの頭を力一杯殴った。「もう十分反省していますから、勘弁してやって下さい」と警察官はおれと石塚の間に入った。

「体に教えないと効き目はありませんよ」

「犬だって怯え、そのうち向かってくるようになりますよ」

「望むところですがね」

通路を歩き、仕事をする警察官の間を歩き表に出た。おれに苦労話をした警察官は気分がいいのか入り口までついてきた。石塚が背伸びしておれの頭を押さえ、礼を言わんかと叱責した。「どうも」と言うと、ありがとうございましただろ、とこっちの背中をたたいた。ありがたいことはなにもなかった。

外は雪から雨に変わっていた。入り口の前では石塚の乗用車が排気ガスを上げ続けていた。

「どうだった」

石塚は急にやさしい声で言った。「おまえがおらんようになってから、作業のほうが大変だった」と恩着せがましく言った。

「岸田は?」

「出てくると言うと急に元気になった」

「調子のいい奴だな」と苦い笑いが浮き上がるのを意識すると、毎度のことだと石塚は関心なさそうに呟いた。おもいきり息を吸い込むと、冷気が肺の奥までしみ込んだ。

「すまねぇけど、ここからおまえひとりで帰ってくれや」

石塚はおれの手に一万円を握らせた。「おれもたまには息抜きがしたいんだよ」と横を向いた。

「いいですよ」

「いろんなことがあってな。今日中に片付けておきたいんだよ。女房には内緒にしているけどな」

一万円は口止め料だった。年上の女房の太っただらしない姿が浮かんだ。「お父ちゃんは最近若い女ができているのよ」とわめいていた女房の声が耳元に届いた。

「足らないか」

石塚が笑った。

「さあ」とおれは首をかしげてやった。「足元を見るなよ」と相手はくすんだ歯茎を見せ、財布からもう一枚抜いた。おれはその金をポケットにねじ込んだ。

人通りはなかった。霧のように降り注いでいる雨空を見上げると、低い空が広がっていた。通りの向こう側を雨合羽を着た男がジョギングをしている。しろい吐息がひっきりなしに口から洩れている。犬がずぶ濡れになって通りを横切った。細かい雨は毛糸のセーターを少しずつ重くしていた。小さな雫が集まり、額から目へと落ちる。目に入った雫は生温くなって頬を流れ落ちた。

団地のはずれの食堂に入った。食堂の前には大型のトラックが数台停まり、運転手達は曇ったガラスのそばで飯をかき込んでいた。おれは店員が持ってきたコップの水を一気に飲んだ。水の通り道が腹の底までできた。うまい水だった。背中の観音様に精気が戻ってくるような気がした。

飯を食い外に出た。雨は相変わらず降り続けている。誰も歩いていない舗道で立ち止まり、かじかんでいる指先に息を立てると、指先にゆるい感覚が戻ってきた。誰かが呼んだような気がして振り向くと、風がかすかに音を立てて走り抜けた。雨に濡れた先刻の犬がうろついている。笑っているような気がする。

薄暗くなったのか高層住宅の明りが一斉に灯った。吹く風は間違いなくまだ冬の風だった。

梅雨

男が舌打ちし、吸っていた煙草を道路に放り投げると、そばを歩いていた二人連れの少女が、なにすんだよおと睨みつけた。通りすぎようとすると、腕を取り、謝れよとピンクの口紅を塗った唇を尖らせた。彼がおもいきり手を払うと、金髪の少女たちは態勢をくずし、歩道に尻餅をついた。背後から馬鹿野郎と罵る声がした。

男は先刻から女のことを考えていた。その女が、午後一時に、家にきてくれと言ったのは午前中のことだ。その時彼は、夜九時から明け方の四時までの夜勤明けの仕事で、まだ眠っていた。新聞社の発送部の臨時工で、刷りだした新聞の梱包と配送をする作業だが、四十八歳の彼がなんとかありついた仕事だった。

それまでの男は新聞の求人欄で見つけた会社に、何度も足を運んだがみな断られていた。年齢のことを言われ、難色を示されるたびに、またかという気持ちにさせられたが、その新聞社の面接をした社員だけは採用してくれた。

いままでの経緯を考え怪訝に思っていると、相手は自分の父親と同じ郷里だからと言い、若い者より年配者のほうが、組合活動をやらないからいいのだと教えてくれた。臨時工の労働条件の見直しと、賃上げ闘争で職場の風紀が乱れているし、そういうものに加担しないというのが採用の条件だと念を押した。男はそんなことはないから働かせてくれと頼んだ。

仕事は眠いのを我慢すれば、やっていけないことはなかったし、男のように生活に追われている人間もいて、気が楽なところもあった。実際、そこの仕事をやり終えて仮眠し、そのまま昼間の仕事に出かける者も何人かいた。商売に失敗した者や、町の金融会社に借りた金を払うために働く者もいた。いずれ男もそうして生活を立て直そうと考えていたが、一昨日、不景気で土地が安いうちに家を建てたいと張り切っていた若い男が、心臓発作で死んだ。昼間は精密機械会社に勤める三十二歳の男だったが、郷里にいる母親と一緒に住むのが夢だと言っていた。作業をしている彼の目の前で倒れたが、人の死なんてあっけないものだと感じた。

無理をすればこっちも例外ではないが、そうしなければならない理由があるのだと、男は気を奮い立たせた。それもみなあの女のためだという気持ちがあったのに、向こうが自分に対してやったことはどういうことかと思うと、血が逆立ったままのようでまだ感情が昂ぶっている。

痩せた猫背気味の姿がショーウインドウに写っている。彼はその前に立ち、じっと自分の姿を見つめる。頬が瘦《こ》け、尖った視線が睨みつけている。なれない夜勤と睡眠不足で、一カ月に四キロも体重が落ちた。隣に住んでいる学生が、昼間から女を連れ込み、その声で目が覚めることもあるが、あの学生はまさか自分が昼間いるということを知らないのだろう。いい気になっているが黙っている。言うとこちらの陰気な愉しみが消える。今朝も壁に耳を当てると、若い女の喘ぎ声が飛び込んできた。色白の肉感的な女だが、どんな格好で抱かれていたのか。

今日は自分もあの女と会えるのだと思うと体が疼いた。熟した体が脳裏に広がり、すぐに押さえつけたい衝動にかられたのも、隣の若い男女が愉しんでいたからだ。こちらがシャワーを浴び、丹念に体を洗っていると、若い女の艶めかしい声は消えたが、男の耳の奥には自分の女のあまい声が広がっていた。隣の女の声よりもあいつの声のほうが奮い立たせる。女としての年期が違うとひとりにやついた。

白いワイシャツを着たあとに、いまから行くと電話を入れると、待っていると硬張った声で言った。男は相手も興奮しているのだと思い、悪い気はしなかった。

女と男は二年前まで山陰の石見にいた。過疎の小さな町だったが、男はそこで農機器の販売会社をやっていた。妻と息子もいた。会社は義父が興したもので、地道にやっていれば多少の田畑もあったし、家族は食えていけた。

女と会うまではまじめに生きてきた。浮気もしなかったし、酒も家で飲むくらいのものだった。少しは外に出て営業すれば、売り上げも違うと義父は言ったが、男の性格ではしかたがないと諦めていた。娘の亭主としては安心だと思い込んでいる節があった。

その家族がおかしくなったのは、妻が株式投資をやりだしてからだ。頻繁に証券会社の人間から電話がかかり、胸騒ぎを覚えることもあったが、入り婿の彼は黙っていた。それがいけなかったのかもしれない。ある日、帰宅すると、妻が灯りもつけず部屋に籠っていた。声をかけても返事をする気力もなく、なにごとかと思い尋ねると、投資に失敗して二進も三進もいかなくなっているのだと泣いた。

男が女と会ったのはそんなときだった。大阪から戻ってきたという相手は駅前の酒場で働いていた。町にはいない垢抜けした女だと感じたが、まさかいい関係になるとは思いもしなかった。幼い頃に土地に住んでいたことがあり、なつかしくなって戻ってきたのだと言ったが、それ以上のことは話そうとはしなかった。

その女と関係ができると、男はのめり込んでいった。相手が性的な手足《だ》れとわかり、その裏側に、それまでの彼女の人生の闇が広がっている気がしたが、気にならなかった。わたしは男の人を狂わしてしまうのよと笑ったが、それすら魅力的なものに写った。股の付け根には龍の刺青が彫ってあり、あかい舌が女の性器を舐めるように延びていた。男が顔を近付けるたびに、龍も同じことをしている気になった。

好き勝手に生きている女は、確かに人を惑わせた。店には何人もの男たちが通っていた。毎晩くるという七十すぎの老人は、彼女がほかの客と戯れていると、硬張った表情でにらみつけていた。ビール壜を振り回し、喧嘩をしている人間を見たこともある。

結局、男と逃げるようになってしまったが、あの老人の金を吸い取り、居づらくなったのが真相だったのかもしれない。あまえ上手で、気がつくと思うままになっていたが、それでもいいと思うところがあった。魔が差すということがあるが、妻子を捨て、女と一緒になろうとしていた男の中にも、残りの人生をこのままで終わらせたくないという気持ちが芽生えていた。まじめに生きてはいたが、それがなんになるのだと考えるようにもなった。

妻がああいうことをしでかさなくても、いずれは破綻したのではないか。男がおとなしい性格で、なにもできないのだという安心感が、彼女の家族にもあった。もの静かだと見られるのもいいかげんにうんざりしていたし、くる日もくる日も、同じ空だけを見て生きていくのに飽きてもいた。

妻の不始末を口実に家族を捨てたのは、はじめのうちこそ卑怯だと思う気持ちもあったが、都会で生きていると、いつのまにかどうでもよくなった。高校生の息子のことが気にならないこともなかったが、一度も電話をしていない。妻の声など聞きたくもない。あの女と一緒に生きていければ、それでいいと思い込んだ。

その女が働く時間帯が違うから、生活が軌道に乗るまで、別々に暮らしたほうがいいと言い出したのは三カ月前のことだ。男の気持ちは複雑だったが、酒場で働きだした相手のことを考えてしかたなく承諾した。彼にはまだ就職口がなかったし、いつまでも面倒をみてもらうというのも負い目があった。

深夜に戻ってくる女の体を気遣い、無理もないという気持ちになった。鍵はおたがいに持っているのだし、男の就職が見つかるまでは、自分が働くしか方法はないだろうと言われると、返す言葉がなかった。二部屋も借りるのは得策ではないと言うと、わたしの体が参ってしまうと、笑いかけながら承諾を促した。

二カ月近くは行き来していたし、女も頻繁に部屋にやってきた。まもなく男が新聞社の臨時社員の仕事を見つけた。夜勤をやり明け方に戻ってくれば、ふたりの勤務時間に折り合いがつくと喜んだ。そのことを告げると、相手は住んでいた部屋を勝手に変わり鍵も渡さなくなった。

そして先刻の仕打ちだ。部屋に訊ねて行くと、眼光の鋭い男が出てきた。どういうことだと女を詰ると、相手は亭主だと声を殺して言い、おまえは誰だと反対に質問し、欠けた小指を見せてわざとこめかみを掻いた。自分がどういう男か黙って知らせようとしていたが、彼が嘘をつくなと声を上げると、言っていいことと悪いことがあるぞと凄んで見せた。女は男の背後で薄ら笑いを浮かべ、本当なのよと視線を合わせずに言った。

二度とくるなと言葉を浴びせられながら、彼は負け犬のように部屋をあとにしたが、昂ぶった感情は一向に収まらない。女がきつく抱かれている姿が脳裏から消えず、高揚した時の艶のある声が鼓膜を打ち続けている。同居を拒んだのも、あの男と一緒に暮らすと考えたからか。

売女。男は吐き捨てるように呟いてみるが、女のしろい肌が一層立ち上がってくる。なんでも熟した頃が一番うまいのだと女は言った。三十五だと目を逸らしたが、今になって本当の歳なのかと疑問がわいてくる。あんたは幸福もんよ、男冥利につきるわよと言ったが、この数カ月、自分はいい夢を見させてもらったのかと彼は考えた。女の部屋は戸口を開けただけで、彼女がつけている香水と、相手の男の吸う煙草の匂いが充満していた。その中で自分のことを笑いながら抱き合っているのかと想像すると、体じゅうの血が逆流するような思いになった。

大通りを街宣車が軍艦マーチをかけて通りすぎようとしている。日本はこのままでいいのか、あなたたちはこの日本をどうしようとするのか、と音量を上げた拡声器から通行人を詰る声が届いてくる。男が頭に指先を当て回転させると、こらっ、待てと街宣車のパンチパーマの男が怒声を上げる。路地に隠れると、そんな自分の姿を笑っている女の顔がまた浮かぶ。ちくしょうと思う。なぜすごすごと戻ってきたのかと思い返すと、苦い胃液が込み上げてくる。

男は立ち飲み屋に入り、百円玉を握り締めて自動販売機の前に立った。コップに日本酒がたまると一息に飲み干した。熱い道筋が空きっ腹にでき胃袋で横たわった。彼はもう一度硬貨を販売機に入れ、もどかしく流れてくる酒を待ち切れず、コップを持ち上げた。たまるとまた飲んだ。まじめにやってくれれば更新するから、と言った社員の言葉が頭の隅を走り抜けたが、男はその声を打ち消した。どうでもいい。気を沈めるようにながい吐息をすると、そばにいた職人風の男がにやついた。目が合うと、相手は視線を泳がした。

酔いはやってこない。それどころか一段と女の熟れた肢体が広がってきた。ふたりで郷里を出てきたときがなつかしい。都会にきてアパートを見つけると、ここからがわたしたちの出発だと言い、男の首に腕をまわしせがんだ。どこでもどんなときでも体を開いた。奔放な女だった。

この女のためなら生きていけると思った。五十を前にした男を相手にしてくれる奴がいると考えただけでも、人生は捨てたものではないと考えた。これで仕事を見つければ生活は安定するし、小金を貯めて、ふたりで商売をやればやっていけると淡い夢も見た。

少しずつ関係が重苦しく感じられてきたのは、男の仕事先がなかなか見つからなくなってからだ。生活費が底を尽きだすと、女は働きに出ると言い出した。郷里にいる頃と同じように酒場に勤め、酒臭さを漂わせて戻ってくるようになった。

男がようやく仕事を見つけても辞めようとはしなかったし、それどころか逆に別の部屋を借りてしまった。すでにあの時もう別の男ができていたのか。わたしは人の不幸が好きなのよと、酔って笑っていたこともあるが、端《はな》からこちらのことなど考えていなかったのか。とんでもない奴だと思う一方、手が届かなくなった肌が恋しくなる。この歳になってなんだという気持ちはあるが、抑え切れない欲望が渦巻いている。

それにしてもあの女の仕打ちはなんなのか。自分が都会に出たいために利用したとでもいうのか。ひとりじゃいつも淋しいとあまい声を上げていたが、男をたぶらかすのは天性のものだ。もういい。考えるのはよそうと思うが、鈍い酔いの中からしきりと女の姿が立ち上がってくる。

「景気はどうだい」

店内にはふたりの男が立ち飲みをしている。足元に大きなバッグを置いた男が、酒で濡れた唇を向けた。返答をしないでいると、酒が入ったふたつのコップを持ってきて、飲みなと言った。

「変な時代になってしまったさ。こう不景気じゃ、まともな仕事なんかねえ」

男は差し出されたコップ酒と相手を見比べた。すでに酔っているのか目が充血し、しろい髭が口の周りに散らばっている。欠けた前歯がのぞいたが、目元は笑っておらず、こっちがどういう反応を示すか見据えていた。男が黙って飲むと、いい飲みっぷりだとうれしそうに言った。そのそばにはネクタイを締めた男が、ゲームボーイをやりながら酒を飲んでいた。手を止めてはこちらのやりとりを盗み見していた。

「おれは三日前まで所沢の現場にいたのさ。日当のいい仕事だった。宿舎もきれいで飯炊きの女も料理がうまかった。おかげで三キロも太ってしまった。そこの仕事が終わったので、おとといと昨日と、これに行ったのさ。いい目が出て、懐は潤っている。あんたに飲ませることなんか、なんともねえ」

職人は痩せた胸を反らし、両手で馬の手綱を握る真似をした。たまにはいいこともなけりゃ、生きている張り合いがないからなと、小魚の入った皿も差し出した。手首に刺青でも焼いたのか、火傷の痕があり鈍く光っている。節くれだった指の爪は分厚く白濁し、肉体労働をながくやっているのがわかった。

「神様が本当にいるんじゃないかと思ったね。やることなすこと、みんな当たってしまうんだから。誰かにお裾分けをしたい気分だったよ」

職人は嘘じゃないぞと言いながら、ポケットから束になった紙幣を取り出し、酒のしみ込んだ台の上に乗せ、なっ、と小鼻を広げた。しろい鼻毛が見え小さく笑うと、相手は話し相手がほしいのか、ここで飲んだってたいしたことはない、大船に乗ったつもりでいろと、男の肩に手を乗せた。

「昔は五十人も鳶や鍛冶工を使って、手広く仕事をしていたことがある。嘘じゃないぞ。毎晩飲み歩いていたし、これもいた。いまはすっかり落ちぶれてこのざまだ」

職人は付き合っていた女を思い出したのか、曲がった小指を立て舐めた。

「人生いろいろだ。少しも後悔していねえ。お天道さまはみんなお見通しさ。息子は帝国大学の土木科に行っている。卒業すると、建設省に入るんだってさ。建設官僚だぞ。このおれの息子がだよ。どういうことかわかっているだろ？　もう十年以上も会っていないが、毎月、仕送りだけはやっているんさ。それがおれの生きがいというところだな」

職人の視線は落ち着きがなかった。嘘だなというふうに背広の男が口元をゆがめた。向かいのゲームセンターから激しい爆音が届き、暖簾の下を太った老猫が歩いている。目やにがたまった猫は入り口で立ち止まると、中にいる客の姿をうかがっている。このあたりに住み着いている猫なんですよ、もういい歳なんで、歩くのがやっとで、その隅が一番涼しくて気にいっているようですよと店員が言い、客の食べ残した小魚を放り投げると近づき銜えた。それから左右を見て路地に消えた。

「人間そっくりじゃないか」

今度生まれてくる時は、ああいうふうになるのも悪くないですな、と背広姿の男が言うと、職人は、のんきなことを言うもんじゃないと言った。自分の話が受け入れられないのが不快なのか、あんたみたいな上等な背広を着た人間が、調子のいいことを言うなと恫喝した。

「思ったことを言っただけですよ」

ゲームをやめた背広姿の男は顔色を変えた。店員がふたりの表情を見て、言い争いになるのを避けるようにテレビのスイッチを入れた。画面が浮かび上がり、地方の田植え風景を写し出した。いいですよねー、田舎は、と店員は男に声をかけた。ふたりの男も画面に目を向け黙った。アナウンサーが田植えがはじまる季節になった、これから全国で行われていくと喋っていた。

水を張った田圃に、老人たちが田植えをしていく姿が写し出されている。苗が風にそよぎ、深緑の山々が目にしみた。男の瞼の裏側に郷里の景色が浮かんだ。日本海は波も穏やかで静かだ。澄んだ海原が広がり、中国山地の稜線が見える。

今頃は老いた親が山間の田圃に水を流し込んでいるはずだ。彼らは山の頂上まで続く狭い田圃を何代もかけて守り通していた。棚田から眺めると、川筋に広がった広い水田地帯が見渡せた。男はこども心にもなぜ自分たちだけが、こんな辺鄙な土地を持っているのかと理不尽に思った。

親は先祖代々からだと複雑な顔をした。男が妻の実家の農機具会社に入り所帯を持つと、素直に親は喜んだが、こうなってなにを思って生きているのだろう。老いた歳でいまも農作業をしているが、喜びの少ない人生だ。

そして男は自分がここにいる不思議さを思った。こんな人生が待っているとは思いもしなかった。ちょっとしたことで人生が大きく変わるということを、いまになって気づかされた。自分の身勝手でそうなったということもわかる。夢を見たということもわかる。だからと言ってあの仕打ちはないはずだ。そう思うとまた体が熱くなった。

ふたりは蔑むような視線を投げつけていた。夫婦でもないのにと反対に詰られた。あれはどういうことか。あの女はやさしそうにしているが、人を値踏みするような視線を向けることには気づいていた。それは自分に対してではなく、みな他人に対してのものだったと思い込んでいた。自分が毎晩店に通い、客から小馬鹿にされていた老人と同じに見えてくる。

あの女ははじめからおれを捨てようとしていたのではないか。うまくいっている人間を見ていると、意地悪をしてみたくなると言っていた。男は追い払われるように引き返したが、いまでもあれはなにかの間違いではないか、疲れている自分の幻想ではないかと思ったりもする。

あいつらは窓辺から後ろ姿を見ていたが、なぜ自分があんな仕打ちを受けなければならないのか。いくら思い返しても理解できない。こっちにどんな落ち度があったのか。確かになかなか職に就くことはできなかった。それでもまだ生活費はあったはずだし、ふたりで逃げてきたのだから多少の困難はある。そのことをあの女がわからないはずがない。心配はさせたがこうしてとりあえずの仕事は得た。頑張っていればなんとかなるはずだった。そんなことを喋ると、夢みたいな話やなー、こどもみたいだとからかったが、本当に夢を見続けていたことになるのか。あいつにはこちらの思っていたことが、なにひとつとして通じていなかったことになるのか。

歳も離れているし、まともにいけばこちらのほうが先に死ぬ。こどもも作れない年齢だ。そういう男が相手のことを心配してどこが悪い。あんたは変な人や、奥さんや息子さんが気にならんのかと訊いたが、ただのお遊びだったのか。いい思いをしたんだからと笑ったが、こんなになってもいい思いをしたと言えるのか。自分がただ侮られただけということか。男はいくら考えてもわからなかった。

日本はいい国だとアナウンサーが言っている。ふたりの男は黙って画面に視線を投げかけている。都会は出稼ぎの労働者で成り立っているんですよ。古今東西変わりません。わたしの親もそうだったですし、東京に出てくるのが、早いか遅いかの違いだけですよと言って、採用してくれた発送部の社員の声が浮かぶ。男はぼんやりと画面の風にそよぐ苗を見つめながら、郷里の家族はどうしているのかと思い返した。風の匂いや陽の強さは、都会にいては感じられないものだった。

「あんたはどこの生まれだい」

職人が穏やかな声で訊ねた。

「山陰」

男はどうしようかと一瞬迷ったが、気がついた時には答えていた。

「遠いところからきたんだな。湖があるところだろ。それに大きな神社もある。なんて言ったたっけ」

相手が急に言葉に親しみを込めた。

「夕陽がきれいなところさ。それに縁結びの神様がいるところだ」

職人が言っているのは宍道湖と出雲大社のことだった。

「姪が嫁に行き、そこで結婚式をやった。縁結びでもなんでもねえ神社だった。二年もすると別れて田舎に戻ってきてしまった」

「出雲大社か」

「いんちきな神社さ。その娘はこどもだけを生まされて戻ってきた。こどももう高校生になる。あの頃はおれも元気があったし、羽振りもよかったさ」

相手は充血した目を細めた。それから歳を取ったら、ああいう静かなところで生きるのが、一番いいかもしれんと呟いた。

「せからしか」

突然背広姿の男がゲーム器を足元に叩きつけて声を張り上げた。振り向くと、おとなしそうにしていた男が唇を震わせていた。田舎もんのくせに。彼の唇は確かにそう言った。顔を見合わせた職人が、なにか言いたそうだったが言葉を飲み込んだ。

「なにもわかりはしないで。いい気になりやがって。不景気でどこが悪いと言うんだよ。おれの知ったことじゃないだろ」

背広姿の男は壁板に向かって喋り続けていた。職人が男と目を合わせ、変な人間ばかりだと首を傾げた。聞いていると、会社を馘になり、毎日職業安定所に通い、そこの職員の対応の悪さを詰っていた。

「最近ああいう奴が増えたんだよな」

職人が顎をしゃくり舌を鳴らした。男は数カ月前の自分を思い出した。住民票も身分証もない五十前の男が就職をするのは困難だった。露骨に訛りを笑う者もいた。いくどとなく採用を断られ雑踏の中を歩いたが、人がいればいるほど孤独を感じた。それでも部屋に戻ると、自分の惚れた女がいる。そう思えば心の均衡も保てた。臨時工とはいえ仕事先が見つかった時の喜びと解放感は忘れられない。

そしてそのことであの女を失ったのだと思うと、なぜ一緒にいなかったのかという後悔が走る。相手がわがままなことを言っても、それを許さなければよかった、なんのために東京まで逃げてきたのだという悔恨が残る。都会に出れば知らないことがたくさんあるし、いやなことはみんな忘れさせてしまうものがあると女は言ったが、なにを忘れさせてくれたというのか。日に日に郷里のことが蘇ってくるではないか。いつも体に粘りつくような風。騒音。無関心で温かみのない視線。どこに落ち着ける場所があるというのか。今頃になってそのことに気づいたが後の祭りだ。

「会社がどうしたというんだ」

背広姿の男はコップの底の少ない酒を啜り上げた。奥歯を咬んでいるのか、頬の筋肉がぴくぴくと蠢いている。酒乱だなと言う職人の声を尻目に、男は店の外に出た。あおった酒のせいか、汗が首筋を伝い落ちている。それを指先で払い落とした。大通りに出ると、陽射しが男を射った。ビルの電光掲示板には、近畿地方が梅雨入りしたという文字が流れていた。男は晴れた空を見上げて、本当かと思った。酔いがようやくまわってきた。重い足取りで雑踏を徘徊した。都会の野良犬だ。ひとりでに口角がゆるんだ。

いつもなら今頃に起きて風呂に入り、深夜勤務に出かける用意をしている頃だ。まじめに働いていれば、こちらから辞めてくれということは言いませんから。採用してくれた社員の温和な声が鼓膜をつつく。男はその社員の声を振り切って人波の中を歩いた。知ったことか。なにをいまさらという気持ちになった。

カメラ店の前ではハンドマイクを持った店員が、客の呼び込みをやっている。その隣の果物店では小さく切った西瓜やメロンを売っている。アイスクリーム売場では若い女たちが行列をつくっている。どこにおもしろいことがあるのか。女が言っていた言葉を思い出すと、男は歯軋りした。時間が経てば経つほど、ふたりにやられた行動が理不尽なものに思えてくる。陽射しは傾きを見せていたが苛立つように暑かった。

路地を抜け、通りを渡ろうとして立ち止まった。振り向くと細い間口の店があり、男は後戻りし店の前に立った。薄暗い奥行のある店には、老人が椅子に腰かけて通りを眺めていた。彼が引き込まれるように店内に入ると、相手は訝しそうに見つめただけでなにも言わなかった。男の視線の先には、硝子ケースに収められた刃物が並べられていて、鈍い光を放っていた。

彼はその中の刺身包丁に目がいった。出刃や菜切り包丁と一緒にあったが、一段とながく光り輝いていた。男が指差すと、老人が曲がった腰で硝子戸を開けた。老人は新聞紙に刺身包丁を包んだ。彼は黙って受け取り、再び通りに出た。通りの先にアイスクリームを舐めながら歩いてくる、先刻の二人連れの少女たちがいた。男は目を逸らし通りすぎようとした。

「待ちなよ」

少女たちが立ちはだかった。なんとか言ったらどうなのさ、と文句を言った。彼が避けて通ろうとすると、腕を取り引っ張った。握っていた包丁が石畳の歩道に落ち鈍い音を上げ、それを拾おうとすると、少女が押し退けた。どいつもこいつも。男は低い声を漏らしてそれを拾い、新聞紙を開いた。

中から光を反射させた包丁がのぞくと、ゆっくりと右手に握った。彼女たちの顔色が変わり、目に怯えが走った。殺すぞ。彼が喉の奥から絞り出すように言うと、ふたりは慌てて逃げた。男の目の先には、騙されたあんたが悪いのだと笑うしろい肌の女がいた。あいつは背を向け逃げようとしている。怒りが再び増してきた。その姿を追いかけ包丁をかざし走ると、歩道を歩いている若者たちが逃げ惑った。

彼女たちの声を打ち消すように乗用車のブレーキを踏む音がした。ひきつった音は、自分を無下にした女の悲鳴のような気がした。彼の目の中に、ながい刺身包丁が女の豊かな胸に刺さっている光景が広がっていた。

男は自分の憎しみを、尖った包丁の先に込めて女をいくども刺した。手に確かな手応えがあり、女の叫び声が幾重にもこだましていた。ようやく彼の顔に苦い笑みが戻ってきて、重くのしかかっていた感情が晴れていく気がした。待っていろよ。男が静かに呻くとその光景が現実のように見えてきた。

二期咲き桜

夕里子は改札口を出ると、待合室の椅子に腰かけた。それから鏡を取り出し、口紅の乗り具合を確かめた。朝の八時半に東京駅から新幹線に乗り、沼津すぎから車窓に広がる冬の富士をながめているうちにまどろんだ。気がつくと岐阜羽島に着いていて、身仕度をして次の米原駅で下りた。

出がけに、帰りは何時頃になるかと夫に訊ねられ、少し遅くなると返事をしたが、胸に小さな痛みが走った。昨日の夜、あの男に抱かれている夢を見て、汗ばんでいる姿で目が醒めた。夫はゆっくりしてくればいいと言ったが、浮ついている気持ちを見透かされるようで、頬がこわばっていた。妻が二時間もかけてここにいることを知ったらなんと言うか。有給休暇をとった夫は、居間で朝刊を読んでいた。なんだかこちらの行動に探りを入れられているような落ち着きのなさがあった。

腕時計を見るとまだ時間はある。米原駅に停車する直通の新幹線は、一時間に一本しかない。待ち合わせ場所に早く行くのも、どこか恥ずかしさがある。彼女はちょっと思案してから立ち上がり、駅舎を出て、客待ちをしているタクシーに乗った。

「どちらまでです?」

白髪の年配の運転手が、バックミラー越しに訊いた。

「彦根におねがいします」

彼女はお城までと付け加えた。タクシーは駅前広場を出ると、国道を左折した。直に右手に琵琶湖が広がり、湖面は冬の光を受けて鈍く輝いていた。

「いい天気ですわ」

運転手は夕里子と同じように視線を流し、陽射しに目を細めた。

「琵琶湖ははじめてですか」

夕里子は言い淀んだ。四年前、学生時代の友人二人と、琵琶湖周辺を歩いたことがある。神社巡りの好きな女性がいて、この近辺には渡来系や九州系、出雲系の神社が多くあり、古代の日本の原型が残っているようで、いいところなのだと言った。そんなことに関心を持ったことはないが、夕里子は促されるままに同行した。

一年に一度、友人と旅行をしているが、その年は近江近辺をまわり二泊した。彼女が言うように、古代から中世において、このあたり一帯が、日本の歴史に重要な関わりを持っていたことがわかった。東海道、中仙道、北陸道と集結する土地でもあり、遣隋使で有名な渡来人の小野妹子の一族や、物部一族を祭った神社があることも知ったし、信長や秀吉がこの土地を統治することがどんなに重要だったかということは、説明を聞いているうちにわかってきた。歴史の見えない部分を見た気がしていい旅だった。

旅の終わりに彦根城を見ようということになった。市内を散策したあとに、城内を歩いていると、郷里の福岡で同級生だった杉原に会った。三人でおしゃべりをしていると、遠くから見つめる男性がいた。スーツをきちんと着て、誰かを待っている様子だったが、夕里子の姿を目撃すると表情がこわばった。

その男性の前を通りすぎると、背後から池上さんではないかと呼びかけられた。旧姓で呼ばれたこともあり、自分の遠い昔を知っている人間だとは考えたが、思いあたる節はなかった。目元に小皺が走り、ようやく誰だか気づき、杉原さん？　と問い返したが、その男がなぜここにいるのか不思議な気がした。相手も声をかけたものの、どう返答していいのか戸惑っている様子だった。

杉原と会うのは高校を出て以来だったので、二十五年は経っている。おたがいによく思い出したものだと感じたが、相手は身なりもよく、穏やかな雰囲気を醸し出していた。まだ時間もあるので、ふたりで話せという友人の言葉に甘え、観光客で賑わう近くの喫茶店に入った。

夕里子は気恥ずかしさと昂ぶる感情を抑え、近況を話し合った。広島で数人の従業員と貿易会社をやっているという相手は、仕事で彦根にきて、所用も終わり、このまま戻るのがもったいない気がして、ぶらついていたのだと言った。ふたりの娘がいて、彼女たちも成長し、妻は、女の四十代は、なにもすることがなくて、男の退職と同じだと言っていると口元をほころばせた。夕里子はその話を聞きながら、ひとり息子が間もなく高校を卒業するようになった自分も、似たようなものだと思った。

夫は証券会社に勤め、忙しい時には帰宅する暇もなかった。今は不景気になり、生活も慎ましいものになったが、親子三人が暮らしていける。この先、どうやって生きていこうかと思案すると、漠然とした不安が走ることもあるが、それは自分だけの問題ではない。誰もが通って行く道のりだ。しかたがないと諦めるしかない。そして杉原に出会った。目の前にいる男はいい歳の取り方をしている。仕事にも家族にも恵まれているのだろう。

小一時間の話をして待ち合わせの場所に向ったが、途中、城内で小さな花びらを咲かせている木を見つけた。なんだろうと訊くと、二期咲き桜だと教えてくれた。

「桜?」

「冬のほうが小粒だけど、ながく咲くみたいですよ」

杉原は古木の桜を見上げ、人間も二度咲けるといいんだけどねと言った。夕里子は淋しげにつぶやいた相手の言葉の中に、ふと遠い昔の甘酸っぱい感情が込み上げてきて黙った。

別れ際に、杉原は、来年もこの木の下で会えないかとわらった。夕里子は冗談で言っているのだと思い、返答はしなかった。視線を合わせると、目の中に訴えるような光があった。

それからおりにふれその言葉を思い出し、体の底から熱いものが立ち上がってくるのを覚えたが、気にしないようにした。いくら少女時代に好感を持っていたとしても、それはそれだけのことだ。夫を裏切るようなことを自分がするはずがない。友人には夫を欺いている者もいるが、自分にはそんな感情があるわけがない。

やがて一年が経過すると彦根を訪ねた。あれはどういうことだったのか。魔が差すというのはああいうことなのか。四月に咲く桜みたいな派手さはないが、寒さに耐え震えているような二期桜の下で、煙草を喫《す》っている杉原の姿があった。

あれから三度目。会って夜に日帰りするだけの関係だったが、一年に一度だけ秘密の日を持つだけで、夫には申し訳ないが生きる張り合いが出てきた。おしゃべりをして食事をして別れるが、彼が沸き上がる感情を殺しているのがわかる。それは自分もそうかもしれないと夕里子は思う。

「その手前で降ろしてください」

「まだ先ですよ」

運転手はもう一度バックミラー越しに言った。歩きたいんです。夕里子はお堀のそばで下車し、ゆっくりと深呼吸をした。うらやましい花ですよ。あとのほうがずっと可憐できれいなんだから。鼓膜を震わせる杉原の声がした。遠くの城壁のそばに花が咲いている。杉原はいるのだろうか。もし彼が誘ったらどうしよう。夕里子は、薄いピンクの花びらのように全身が淡くほてっていくのを意識した。

箱根心中

冷たい風が歩道を走り抜け、ちらしが滑るように流れている。男がマフラーを巻き直し視線を上げると、ホテルの看板が目に入った。休憩四千円均一。お泊り六千五百円、と書かれた青い文字が点滅し、夜の闇を弾いている。男はかじかんだ指先に吐息を吹きかけ、鈍い空を見上げた。電線が頭上を縦横に走り、巨大な蜘蛛の巣のように見える。人間の形をした蜘蛛が細い電線の上でゆれていると感じ、目を凝らすと雲が流れていた。

あたりはまだ薄暗い。古い家屋の先に高層住宅が聳え立ち、最上階から人が飛び降りる光景が、瞼の裏側でいくども行き来している。男は目を擦り生あくびをした。煙草をおもいきり吸い込むと、煙が腹の中で綿菓子のように広がる。煙草がいつもよりあまく、もう何時間もなにも食べていないのに満腹感がある。疲れがたまっているのか。立ち止まった足元にちらしがまといつき、振り払おうとすると、若い裸の女が笑いかけていた。靴の踵を落とし、顔の輪郭がわからなくなるまで踏みつけると、女のひきつるような叫び声が響いた。

ちんちんと踏み切りが下りる音がし、音が鳴るほうを向くと、池上線の始発電車がやってきた。蒲田駅から出たばかりの電車はまだ速度が遅く、明るい車内には乗客の姿は見えない。電車が男の脇を走り抜けると、冷たい風が頬を刺した。下がった横木はなかなか上がらず、彼がその前で待っていると、胸元の携帯電話の音があたりの湿った空気を震わせた。手に取った電話を見つめ、人の気配を感じて背後を見ると、ポリバケツの蓋の上に乗った猫が、目を見開きこちらを見据えている。転がっていた空缶を投げつけると路地を走った。

「大丈夫？」

弱々しいおんなの声が冷えた耳元にからみ、温かみを持って広がる。

「いま、どこ？　朝がくるのが遅いんだもの。ようやく明るくなってきたので、ほっとしているところ。このまま朝がこないいんじゃないかと思ったわ」

おんなの声には力がない。男のことを気遣うのが好きなのだと言う。その言葉を思い出し温かい気持ちになる。

「西蒲田」

「寒いでしょ？」

おんなはもうすぐだと安堵した。

「風は？」

「少し」

彼はまた夜空を見上げた。月も星もない。たわんだ電線が風にゆれている。

「なにが見える？」

通りのブロック塀には選挙のポスターと、格安物件だという中古住宅の貼り紙がある。ポスターには若い男が拳を握り、斬新の都政を、と訴えている。男は笑みをたたえているポスターの人物に唾を吐きつけた。粘っこい唾液が、男の鼻の先を流れている。

「魚屋さん？　それとも床屋さんの近く？」

「もうすぐ」

目の前の狭い三叉路に、打ちっぱなしのコンクリートの建物が見えてきた。そこからはよく楽器を奏でる音も聞こえてきたし、合唱をしている声もする。貸しスタジオの入り口には裸電球が鈍く灯り、持ち主の名前らしい、野島スタジオという看板が門塀に打ち込まれていた。

「じゃ、あと十五分くらいかしら」

踏み切りを渡り、深夜営業のラーメン屋の横道を斜めに入り、路地を十分も歩くと、矢口渡駅に着く。そこから五分近く多摩川沿いに進んだところにアパートはある。川土手を縦横に暴れまわっている風の音が、男の鼓膜の奥に蘇ってくる。

「タクシーを使えばいいのに」

男は夜道を歩くのが好きだ。誰もいない路地を歩いている時だけ、自分が生きているという実感が生まれる。

「それでね、計算してみると、今日で五千六百個になるの。一日に百九十個ずつ集めたということになるわ。なんだかすごい努力だって気がしない？」

おんなの言葉は急に熱を帯びだし、力強くなった。男は踏みつけられても笑っているちらしの女から目を逸らした。

「すごいね」

「どうでもいいと思っているんでしょ？　塵もつもれば山となるというのは、本当なのよね」

「風がまた出てきた」

男は夜明け前の薄雲を見る。冬場の雲が低いのは空気が重いせいか。

「日本中で一年間でどのくらいの人間が、飲んでいるのかしらね。自動販売機の量は日本が一番だって、誰かが言っていたわ。そのうちみんなが糖尿病になったりして」

おんなが背負い籠を買ってきたのは一月前のことだ。それで土手の空缶を拾いだした。アパート脇の空き地に木箱をつくり、そこに潰した空缶をため、量が増えると資源回収車にまわす。集めた空缶の数をメモしては愉しみ、近頃は川沿いだけでは集まらず、公園や通りに投げ捨てられたものまで拾っている。通りすがりの人間に好奇な目で見られているが、気にならない様子だ。先日も老人に懐かしいと声をかけられ、戦後のばたやみたいだとからかわれていた。

「遊歩道もきれいになったと言われたし。でも寒くなってきたので、捨てる缶も少なくなってきたわ」

路地を右に曲がると、麻雀屋からふたり連れの男が出てきて、白みはじめた空を見上げた。開いた扉から顔だけ出した年配の太った女が、嗄れた声でお疲れさまと声をかけている。ふたりはどうするかと話し合い、コートを羽織った男がラーメンでもすするかと誘う。革ジャンパーを着た若い男が、電信柱の前に立ち小便をしだすと、もうひとりの相手が犬みたいだなと言い真似をした。ひとりが骨折り損のくたびれ儲けだったと舌打ちすると、こういうこともあると相手は頭を搔いた。

「それでね、昨日似たようなことをやっている人にあったの。七十すぎのおばあさん。頭も真っ白で、帽子を被ってもくもくと拾っているの。それも駆け足で。わたしが見ていると、こちらの足元のものまで拾って行くの。思わず声をかけてしまったわ。そうしたら向こうも驚いて、話し込んじゃった」

老女はもう三年も続けているらしく、それをやりだしてから、あちこち悪かった体の調子がよくなったと聞いた時には、なんだ、健康のためにやっているのかとがっかりしたが、それでも同じことをやる人間がいるとは、思いもしなかったとおんなは声を上げた。

「寒くないの？」

「体が冷えた」

「馬鹿ねえ」

彼女は眠れず、深夜映画を観ていたのだと言い、風呂を沸かしておくという声が届いた。電源を切ると、路地から男の姿が見えなくなるのを窺っていたくろい猫が、またポリバケツに近づきはじめている。もう一度空缶を蹴り飛ばそうかと思ったがやめた。風に吹かれた煙が目にしみ、男は自分でも気づかない吐息をした。それから路地の先の終夜営業のコンビニエンスストアに目を向けた。

数時間前、働いている店の経営者に前借りを頼んだ。男は客や女たちが引き上げたテーブルの酒壜や小皿を片付け、酔っ払った客たちがフロアにこぼしたものをモップで拭いた。照明も消え、ホステスたちの嬌声もない営業あとの店内は、いつもものの哀しく感じる。彼は片付けが終わると、ロッカー室で蝶ネクタイと黒い上着を脱ぎ、私服に着替えて奥の事務室のドアを開けた。

「二十万でいいですから」

「人に金を借りるのにそういう言い草はないだろ。慈善事業でおまえを雇っているんじゃないんだ。少しは後先を考えんと」

七十半ばのキャバレーの店主は、なにに使うんだと上目遣いに見て、もういいかげんにしたらどうだと蔑むように言った。

「昔は昔。今は今なんだからな」

売り上げ金を前にしている店主は、指先に唾をつけて紙幣を数え、ほれと机の上に放り投げた。

「あまえるなよ」

鼈甲の眼鏡をかけた猜疑心の強い目は決して笑わない。景気のいい頃、店主の事務所に毎日のように電話を入れ、マネーゲームを愉しんでいた。値上がりしていく株価に、店主は夢中になった。バブル経済が弾けたあとも、儲かっていた時のことが忘れられないのか諦めることはなかった。やがて手張りをやっていた男も、資金繰りに苦しみだし彼の金を着服した。そのことがばれると、店主は人間を集め男を監禁した。もう五年前のことだ。寮から毎日三時に店に入り、フロアやトイレ掃除をし女たちの嘲りにも従う。ほかの人間よりも六割も安い労賃で働き、あとは店主が巻き上げる。一生かかっても戻せる金額じゃないからな。少ない労賃を手渡す時にはかならずそう言った。五年前の店主は稼ぎの多くを投機に注ぎ込んでいた。

男はその頃、投資顧問会社で働き、大手の証券会社の人物と組み、彼らが推奨する銘柄を、先に顧客に知らせ利鞘を稼いでいた。その顧客のひとりが店主だった。男が逃げ出さないとわかると、彼は、おれは高等小学校を出ると、佐賀からひとりで東京にきて、働きづめに働いて店を出した、おまえもおれのようにもう一度頑張れば立派になれると言った。自分の苦労話をするのが、なによりも好きだった。始業前のミーティングでもそうだったし、フロアを磨く時にモップに力が入っていなかったり、よくしぼらないで拭いていると、くどいほど昔話をした。

「明日はまじめにやるんだぞ。同じことの繰り返しなら、犬だってできるんだからな。それにあんたにはまだ働いてもらわにゃ」

男が金を受け取り立ち去ろうとすると、念を押した。うすのろ。なにを考えているんだ。ドアを開けると、背後から吐き捨てる声が届いた。階段の踊り場の反対側には、店で働く女たちの更衣室があり、仕事が終わった彼女たちがドレスを着替えていた。椅子に座り、銜え煙草で客の悪口を言う女もいたし、眠そうにしている幼女をあやしている母親もいた。

「触らせてあげようか」

ピンクのドレスを脱いだ酔った女が、乳房を手のひらで持ち上げ下唇を舐めた。男はたるんだ乳房を見ていた。それからうなずくと、馬鹿正直やなあ、でもただでは駄目だと茶化した。

「そのうちいいことがあるからね」

厚化粧をした年配の女があわれむように声をかけてくれたが、着替えている女たちはすでに関心がないというふうに、そっぽを向いていた。昔はどうだったか知らないけど、あんたみたいな卑屈に生きている人間が、一番いやなのよ。あいつがいやなら、ぶん殴ってしまえばいいじゃないの。女は搾取する店主に嫌悪を覚えているのか、唾を飛ばして言った。恐がっているんでしょ？　そうに決まっているわ。女はけしかけた。男は黙ってその場を離れたが、彼女たちがどういうふうに見ているかわかる。自分よりもあわれな人間だと思い安心しているのだ。そしたらいい思いをさせてやってもいいんだから。どうせ不自由しているんでしょ。背後から女の呼ぶ声がして振り向くと、赤いパンティ一枚を穿いた若い女が飛び出してにやつき、また更衣室に隠れた。彼がぼんやりしていると、再び姿を現し、今度は尻を向けて左右に振った。それからまた更衣室に消えると、中から女たちの嬌声が広がった。からかわれていると気づいていても気にしない。男は嘲りにも反応しなくなったのは、いつからだろうと考えた。

終業になり解放されると、深夜の喫茶店に入り、ネオンサインの下を歩く人々を眺めていた。それにも飽き、店の隅で賭けゲームをやるとめずらしく儲けた。

「調子がいいみたいね」

帰ろうかと思案していると、近くの女が声をかけた。酒の匂いがし酔っているのがわかった。女は五十近くに見え、目尻に白粉が浮かんでいた。白い毛皮をまとい髪を染めていたが、無理に若造りをしているように見えた。

「たまにいいことがあるから、なんでもやめることができないのよね。あんたもそうでしょう?」

不景気でもうこの街も駄目かもしれない、と言った女の手は荒れ、爪先にピンクのマニキュアを塗り、指先に煙草をはさんでいた。脂肪がだぶついた首筋に、金色のネックレスがぶら下がっている。

「いい客がおらんようになって、毎日がくしゃくしゃするわ」

女はそばを離れず、男がゲームをやめるのを待ち、一万五千円でいいと言った。ホテルに入ると、相手はせかして服を脱がせ、風呂に入れと促した。男が警戒して金目のものも持って行くと、枕泥棒をやる人間じゃないと声を荒げたが、一緒にお湯に浸かり背中を流してくれた。脂肪の少ない女の肌の水滴は、流れ落ちるのが遅い気がした。

「広い背中。若かった父親を思い出すわ」

女はくわえ煙草の火を蛇口の水で消した。

「あんたは?」

父親は脳溢血で死んだ。母親は酒が原因だと言った。彼の死後、男は玄界灘の海辺の町で母親とふたりで暮らし、彼女の頑張りで大学を出ることができた。苦労かけた母親をなんとかしなければいけないという思いが、男には絶えずあったが、その母親もさしていいことはなく六十半ばで逝った。いい人生だったと負け惜しみを言って死んだが、その言葉を嘘だと思う自分も不幸だと感じた。中学一年の時、上級生にいじめられていた男を庇うために、父親は家にあった刀を振り回して脅した。呼吸を荒げて戻ってきた父親は、死ぬ気でやれば負けるものはない、そのことをよく覚えておけと言った。日本刀を振り上げた彼の姿と、酔って諭してくれた言葉だけは、いまも頭の中にこびりついている。父親はなぜあんなことを言ったのか。

「あんたも大変だったのね」

男が物思いに耽っていると女は同情した。

「あたしも苦労したことになるのかしら。似た人間に出会うと、ついやさしくしたくなるのよ。苦労している人間のほうがやさしくできると思わない？　あたしはずっとそう思って生きてきたわ。いまもそう。それ以外に方法がないもの。そうでしょう？」

女の指先が男の中心をまさぐり、これでも若い時分は結構な売れっ子だったのだと言い、股間をやわらかく握った。胸元は瘦せて肋骨が浮き出ている。血色が悪く、目は充血し、そこだけに生気があった。身の上話をしながら手の動きだけはとめない。北海道の江差の生まれで、元は金沢藩の士族の出で、十六歳の時に東京にきたが、津軽の海を渡る船の上でもう絶対に戻らないと決心したと言った。

「夜汽車に乗ってね。ずっーと暗い夜の闇を見てたわ。あたしの人生はどうなるかと、そりゃ心細かった。結局こんな人生が待っていただけだけど。それでもなーんにも後悔なんかしていない。あんただってそうでしょ。東京にきて最初に行ったところがどこだかわかる?」

男が返答しないでいると、皇居よと言った。

「どうして行ったか知ってる? 親が戦争に負けて、殉死したの。それで見に行ったというわけ。馬鹿馬鹿しい話。ただの犬死でしょう? その犬死したのが、わたしの親。それでどれだけ家族が苦労したか。誰も助けてくれないし、助けてもらったって高が知れていると思うでしょ?」

相手の顔には厚い化粧下からしみが浮き、艶のない赤茶色の髪は、白髪を隠すために染めていた。女はもう五千円くれればもっといいことをしてやると、荒れた手のひらを見せた。寒さで干涸びた唇はひび割れ、色艶が悪かった。彼が財布から一万円札を抜き出すと、引っ張るように取り上げてハンドバッグにしまい込んだ。やがて彼女は、いいものをやると言って、自分の腕に薬を打ち男にも促した。ちいさな痛みが走ると、急に体の隅々まで神経が行き届いた。

濡れた目でにやついている女の顔を見ていると、相手が別人に見えた。女は充血した目を一層潤ませ、痩せた体でかぶさってきた。こんな時だけ生きている気がするんやと、生臭い息を吹きかけ、あんたもそうやろと同意を求めた。男は北海道生まれの女が、なぜ関西弁を使うのかと考えたが、途中でどうでもいいことだと思い直し、相手の為すがままにしていた。顔を上げた女は入歯を取り、男をぎょっとさせたが、歯のない女は掘り出しものなんよと笑った。洞窟のような喉奥が見え、相手がもっと歳を取っていることに気づかされた。

眠気が襲ってこないのも風が刺すように痛いのも、あの薬のせいだ。電線に数羽のからすがとまり、体を吹き飛ばされないようにしがみついている。ええやろ、ええやろと別れた商売女の声が、鼓膜を打ち続けている。体を合わせると張りがない肉体はぶよっとしていた。それから細い体を押しつけてきて、あんたの体から潮の匂いがする、やっぱり漁師をしていたんだと言った。

男は携帯電話を握り締め、自分の帰りを待っているおんなのことを思った。彼女と生活しだすと、真夜中の街を明け方までふらつく回数も減った。わけもなく路地に引っ張り込まれ、若者に集団で殴られたこともある。警察官に不審者として取り調べを受けたのも一度や二度ではない。それでも夜の街をうろついた。ひとりだがひとりではないという安心感。自分が明かりに集まる虫のように思えた。

おんなと知り合ったのもそんな時だ。男は喫茶店で夜更かしをし、明け方に多摩川の土手に行った。遠くの鉄橋を電車が走り抜けていた。高い空が広がり、その先に富士が浮んでいた。彼は朝の富士の姿を見るのが好きだった。

やがて四十半ばすぎのおんなが近づいてきて、近くに腰を下ろした。白いブラウスを着て黒いスカートを穿いていた。相手は皓歯を見せたがなにも言わず、目尻に細い皺を走らせていた。

「ひとり?」

男は一瞬返答しようかどうしようかと迷ったがうなずいた。

「朝の川土手って、いい気持ち」

おんなは持っていた魔法壜を開け、紙コップにお茶を注ぎ差し出した。男は一瞬、気がおかしいのかと見直したが、そうとは思えなかった。受け取るまで笑いかけていたので、しかたなく紙コップを握ったが、飲む気にはなれず、手のひらに温もりを伝えるお茶を見続けていた。おんなが自分のものも注ごうとすると、コップから溢れスカートにかかった。あらあらと声を上げ、ティッシュペーパーを取り出し拭いた。ながい指先の爪は短くつまれ、なにも塗っていない。男は目の前にいる相手の素性を想像した。商売女や酒場で働いているようにも見えない。朝からなにをやっているのか。

「なにかお話ししましょうか」

テニスコートに視線を落としていたおんなが、静かな口調で言った。

「もう、三日も誰とも話をしていないの。どんなお話がいいかしら」

おんなは首を傾げたが、細い首筋は張りが乏しかった。男が口を閉じていると相手の表情から笑みが消えた。

「唖なの? それなら勝手にこちらでしゃべるから」

おんなは残念そうに顔を曇らせてから、コップのお茶に口をつけた。

「わたしはね。もうずいぶん生きてきた気がするの。たった生まれて死ぬだけの人生なのに、泣いたり喚いたりしているんですもの。もうこりごり。そう思わない？　この歳になってそのことに気がつくんですもの。馬鹿よねえ。どう生きても大差ないのに、錯覚してしまうのよ。それがよくわかったの」

おんなはおかしな人間ではなかった。彼女がお茶を口に含むのを見てから、男も一緒に飲んだ。緑茶の香りが鼻の前を漂った。なにかに不満があるようなしゃべり方だったが、不満があるうちはまだやっていける。男はそう思って聞いていた。

「あなただってそうでしょう？　ずっとここに座っているから、はじめは誰かと待ち合わせでもしているのかと見ていたけど、いつまで経ってもやってこないんですもの。いつもそうしているの？　わたしはもうなにもかも忘れてしまうことにしたの」

おんなは亭主と別れた、ふたりいる娘は高校生と中学生だったが、相手のほうについてしまったと言った。娘たちを養うこともできないから、こちらもそのほうがいいし、煩わしくなく自由でいいのだと答えた。あなたはひとりでしょ？　と訊かれると、男はうなずいた。

「しゃべれる」

「そうでしょう？　よかった。それならはじめから言ってくれればいいのに」

おんなは紙コップのお茶をまたこぼした。急いで拭こうとすると、今度は魔法壜が倒れ土手を転がった。

「いつもこうなの。おかしいでしょう？　笑ってもいいのよ」

「笑わない」

言葉がとまると、おんなはお茶を注ぎ直し、ちらちらと盗み見した。

「ねえ。暇？」

男が理解できず見つめると、相手は急に頼りなげな視線を向けた。

「わたしの部屋に寄ってくれない？　なんだかあなたなら、大丈夫のような気がするわ」

男はどういうことだとためらったが、危険だと感じてもなにも持ってはいない。たいしたことはない。

男が口元をゆるめると、おんなは顔を上気させ息を飲んだ。それから立ち上がった。彼女の部屋は土手の近くにあった。六畳と四畳半の部屋は殺風景で、家具らしいものはなかった。窓からは高い土手が見え、歩道には桜が植えてあった。その土手がなかったら、本当にいい景色なのにね。おんなの言葉に、男は、その先にある今し方の広々とした景色を思い浮べた。


遠くで犬の遠吠えが夜気を震わせている。咽をしぼめせつなく啼く声は、自分が男に抱かれている時の声だ。快楽の波と一緒に水底に引き込まれるような不安な感情に似ている。おんなは両手を空に上げ、男の分厚い背中に手をまわそうとしたがなにもない。相手の動きがとまり、どうしたのかと薄目を開けると腹部を見つめていた。腹の中央から性器に向かって蚯蚓腫れの傷跡がある。縫合した部分はしろい肌よりも充血し、相手はそこを指先でゆっくりなぞった。それから顔をうずめ舌先を這わせた。おんなはびくんと体を硬直させ、緊張が走った体を溶かすようにあまい吐息をもらした。咽が渇き、指先で首筋を撫でると汗で湿っていた。おんなは急に心さわぐものを覚え、なにも摑めなかった手で闇をまさぐった。「どうした?」と男の低い声が届く。そばから聞こえているはずなのに遠い声だ。不安になり手のひらを伸ばすと、太ももの生温い肌の感触が広がる。ずっと起きていた？　おんなが無言で太ももを撫で上げていくと、変な夢を見ていただろと訊いた。なにもと呟いたが先刻の相手の姿が脳裏を走った。

男はくるぶしを握って両足を広げ、じっと脚の付け根を見続けていた。不自由な脚を降ろさせてくれと頼んだが、中心を刺すように見つめていた。おんなはそこから熟してくる感情があり、堪忍してと声を洩らしたが、相手は押し黙ったままだ。彼女は自分の体の奥底まで見据えられている気がして昂ぶっていた。駄目。声を発したが擦れ、もどかしさが募った。薄目を開けると男は泣いていた。女は泣いているのは自分のような気がしたが、相手は声を出さずに涙をこぼしていた。

彼女は見てはいけないものを見た気がしてまた目を閉じた。なぜ泣いているのか。怯えにも似た気持ちを忘れるようにきてと哀願したが、男の目はまだおんなの脚の付け根に向けられたままだ。お願い。泣き声で承諾を乞うと、男は両足を広げたままおんなの中心に沈んできた。助けて。声は岩間に弾く波に消され、くらい海の底に沈んでいくと思った。昂ぶった感情が落ち着くと、体の芯に熱くほてっているものがありおんなは恥じた。

「どんな夢？」

男が闇の中で笑っている気がした。あなたとわたしの話。おんなが答えると相手の声はなかった。男は確かに泣き、それを見た彼女は狼狽し、小波のように走った不安を打ち消すために催促したが、なにを泣くことがあるのか。あなたこそどうしたの？　おんなが訊ねても相手は黙っていた。

土手で盛りのきた猫たちが啼き合っている。風も走り抜けている気がする。浅い眠りで体がだるい。外はまだくらい夜が広がっているのか。おんなが手のひらで男の頬を撫でると、夜のうちに伸びた髭がざらつく。生きているんやねえとおんなが言うと、あんたもと脚の付け根に手を這わせた。男の体温が中心から広がり彼女は息をとめた。海へつながる祠。潮が満ちてくるのが見えた。男はおんながなぜ爪をつんでいるのかわかった。広い背中に爪を立て、なんども掻き毟るように食い込ませていた。

下腹部を縫合したおんなは、脚をからませ細い首を反らせていた。そこに歯を立てた。こどもみたいやなと男の首にも両手をからませ、熱い吐息を耳元に吐きつけた。それから分厚い唇に含み、極楽やわあと男の脳味噌まで届くようにささやいた。張りを失いかけている乳房を密着させ、汗はそこからも滲んでいた。

「指先がずきずきしていると思ったら、また血が出ているわ。全然気づかなかったもの。不思議よねえ」

おんなは包丁の先で切ったという指先を見せた。あかい血が滲んでいた。

「まだ出ているみたい」

薄闇で血の色もわからなかったが、雨戸の隙間からしろい光が走っていた。そこを開けると眩しい光が一気に侵入してくるはずだ。おんなは指先を光が射すほうにかざし色の具合を確かめた。きれいな色。観音様の後光みたい。指の間を抜けてきた光が、おんなの首筋に当たり、締めつけられているように見えた。

「ね。本当に死ぬ？　死ぬ時は一緒よ」

男は背中をなぞっていたおんなの指先を振り払い振り向くと、まばたきもせず見つめ、それ以上なにも言わなかった。男は立ち上がり雨戸を開けた。一瞬部屋の中が真っ白になり、目の奥を射たれたような感覚が走った。おんなは光を避け、背を向けた。肩口から尻にかけて蛇が走っていた。ながい舌先がおんなの秘部を覗き、あかい目が男を睨んでいた。汗ばんだ肌で蛇が泳いでいるように見えた。

「見たでしょう？　ちょっとした魔除け」

「痛くないんか」

「後悔はしてないわ」

おんなは切った腹部に視線を落し、前も後ろも蛇みたいだと言った。

「あの男だけで一生は終わりだと思っていたのに、こうだものね」

しかたがないわと溜め息をついた。針が一本一本入っていく時の痛みが、なにもかも諦める決心をさせる、人生は諦める修業の連続だとおんなは言った。うまくいくとなにもかも壊してみたくなる性格だと苦笑いし、もう未練などなにもないと言い切った。

「こどもの男親と違うんか」

違う、違うと彼女はしろい歯を見せ、男は夜の闇でその歯を見続けていたことを思い出した。昔はどんな歯並びだったのか。

「こっちは卵巣を取ったし、腸も切った」

おんなは男が舌先を走らせた蚯蚓ばれの傷口を撫で、だからあんたは、女としたのと違うかもしれんよと言い、男の目を逸らさずに見ていた。

「中はすっぽんぽんやし」

おんなはそれから誰とでも寝れるようになったし、恐いものはなくなったと言った。

「もう必要ないしね。それにまだ女だと感じるからいいわ」

「すっぽんぽんか」

男が言うと、おんなももう一度すっぽんぽんと言い、哀しげな目をした。男がレースのカーテンを開くと、土手の上に高い空が広がった。

「なんだかこどもの頃につくった隠れ家みたいでしょ?」

そばまで追ってきている土手を見ておんなが言った。

「よく遊んだ」

「秘密の匂いがしたでしょうが。それでここを借りたの」

土手に人影が見えると、カーテンの隙間を合わせた。

「ここにいてもいいわよ。いる?」

おんなが笑顔を見せた。男には相手がはじめて明るい表情をつくった気がした。


三日前、男はキャバレーの店主の口利きで紹介された、若い男に呼び出された。パチンコ店の前では厚化粧をしたちんどん屋が、クラリネットや三味線を弾き、新装開店の客引きをやっていた。店内からはマイク越しの店員の射幸心をあおる声が響き、男は耳障りな声に顔をしかめた。その反応を見て若い男が吸っていた煙草を、硝子の灰皿に押しつぶした。手首には金色のリングをし、薬指にもまるい翡翠が埋められた同色の指輪をしていた。吐いた煙が男の顔を包み込むように粘りついた。

「言うことを聞いてやってくれんですか」

若い男ははっきりと男の顔に煙を吹きつけた。隣には訴えるように視線を投げかけている中国人女がいる。長身の彼女は二十五歳だと言ったが、顔に疲労が滲んでいた。くろずんだ下眼瞼が異様に膨らみを増し、目元はやさしく見えるが、奥の目には怯えているような光があった。

中国人女の腫れぼったい唇にはあかい口紅が塗られ、その色は彼女の前歯にも付着していた。太かった眉毛は細くなり、薄い耳朶には模造品の真珠の耳飾りがぶらさがっている。彼女は瞬きもせず男を見据えていた。若い男の体から香水の匂いがし、それが鼻孔を刺し、男は指先で鼻柱を触った。

「この子を幸福にしてやりたいという気持ちは、こっちにも十分にあるんですよ。そこのところをよく考えてもらえないですか」

若い男はソファに深く身を沈め、脚を組み直す。それから視線をずらさずに、男の反応を確かめるように見つめた。右目が充血していたが、拒絶を許さない射るような強さがあった。道路の反対側のちんどん屋の音楽は鳴り響いている。音は男の神経を昂ぶらせていた。

「悪いようにはしませんから」

「迷惑がかかるといけないから、やめようかと思っている」

「どういうことですか」

「理由はない」

一年前、男は店の従業員たちに馬券を買ってきてくれと頼まれた。その日は大きなレースがある日で、従業員や客の分も含めて結構な金額になった。三十万円以上にはなったはずだ。彼は当たったとしても、預かった金でまかなえると判断した。あわよくば手元に結構な金が残りそうだ。買いに行くことをやめテレビを眺めていた。すると思いもしなかった馬がゴールを駆け抜けた。配当金の発表を見ると、百万近くの金額になった。どうするかと思案したがいい手立てはない。そのうち仕事に出かける時間になり、そのまま店に出た。買えなかったと言えばいい。そんな言い訳が通るはずもなかったが、そう言うしか方法はなかった。勤め先に入ると、当たった店主がやってきたが、男が言うと表情が硬張った。仕事が終わると、店の裏に呼びつけられ、何人かの男たちに顔のかたちが変わるほど殴られた。数日後、目の前にいる男を紹介され、中国人女性との偽装結婚を承諾させられた。

「警察に行くという方法もある」

男がゆったりとした口調で言うと、若い男の口元がゆがんだ。女が下唇を咬み視線を膝に落とした。

「一度くらいなら本物の関係になってもかまいませんよ」

なあと若い男が促すと、彼女は怒った顔を向けた。男は一年前の中国人女の姿を思い出した。化粧もせず視線を合わせることができずに萎縮していて、自分の名前を名乗っただけで、あとはなにもしゃべろうとはしなかった。大連からきたんですよ。今度、直航便ができましたから、そっちのほうにも力を入れるんですがね。この子は北京の学校を出ているインテリというわけです。若い男は諳んじたことを話した。男が婚姻届けを渡した時、彼女は若い男に言われるままに署名し捺印すると、痩せた頰を上気させ華やいだ表情をつくった。その時の面影はない。目の前に座っている相手は、日本人と変わらない化粧をし、時折挑戦的な視線を投げつけている。

「お互いにまだいい目を見れるじゃないですか。なにが不服なんですか」

若い男の口調はまたやさしくなった。口の中が急に苦く感じられ胃液が上がってくる気がする。男がそれを押し戻そうと煙草を取り出すと、相手が顔の前でライターに火をつけた。弱い温もりが顔全体に広がったが、相手の差し出している火を受けた。頭を下げ礼を言ったが、そのことがまた胸をむかつかせた。

女は故国には病気の両親がいるから楽にさせたいと言った。だがその言葉も目の前の若い男の入れ知恵だ。男の籍に入れたままで稼ぐよりも、もっと金になる別の男を見つけただけだ。

「土地持ちか」

「言えないこともあるというのは、よく知っているじゃないですか」

景気のいい頃は大口の顧客も摑み、仕事も順調すぎるほどだった。店主もその中のひとりだった。儲けると多額の小遣いを握らせてくれた。奨める銘柄も当たった。男はいずれこのままいけば自分の将来は明るいと感じた。やがて株価が暴落すると、こんなはずはないと一層金を注ぎ込んだが、そのつど下落した。習志野に持っていた自宅も手放す羽目になった。必死になって働いてきたが、気がつけばなにもなかった。

妻だった女とは数年前に再婚し、娘は同僚の教師と一緒になった。わざわざ連絡が入り、別に父親がいるから結婚式には招待しないと言った。ひとりになると、どんなことをしてもいいという気持ちが芽生えた反面、なにをやっても手応えのない充たされない感情が生まれた。

「言いたいことがあったら、はっきりとしてくださいよ。乗れる相談ならいつだって乗りますよ。いまだって多少は融通がつきますよ」

男は自分がいやがらせをやっていることに快感を覚えていた。籍を抜かなければ彼らの思うようにいかない。いずれ若い男が恫喝してくるのはわかっている。それがどこで起こるか。間合いをとり、相手の感情を計っている自分が心地いい。好きにしろという気持ちが湧き、はじめて相手をまともに見ることができた。若い男が睨んだが、彼の強い目付きに戸惑った表情をした。そのためらいを隠すように、理解できませんよ、ときれいに整髪をした項を激しく指先で掻いた。

「赤の他人のあなたが邪魔をするということはないでしょ。いくら戸籍上は夫婦だといっても、それはお互いの了承済みのことでしょうが。それでみんながいい目をみているし、あんただって助かったんでしょうが。わたしだって立場がありますよ。このままでいいわけがないんですから」

若い男は愚痴り、どういうことかわからないと言った。男はコーヒーを口に含み、相手の言うことを聞いていた。通りでは一休みしたちんどん屋の騒々しい音楽がまた流れはじめた。ウェイトレスが顔をしかめ、店内の音楽のボリュームを上げた。

「要求があったら言ってくれよ」

若い男は声を荒げた。

「味方もいる」

男は角地にある交番に視線を流した。若い男は狼狽したのか視線を激しく動かし、舌打ちした。男が腰を上げると、相手は一層動揺し待てよと腕を取った。彼はその手を払いこちらからまた連絡すると言った。交番の前を通ると、ふたりは追いかけてくる気配はなかった。若い警察官が彼を不審者とでも感じたのか、その姿を目にとらえている。男は警察官の前までくると、敬礼をし、ごくろうさんと答えた。相手は敬礼を返した。振り向くと煙草を吸っている若い男と中国人女が、後ろ姿を見つめていた。籍を抜かなければ困るのはあっちのほうだ。彼はいままでの負い目と違い、自分が急に優位に立っている気持ちになった。

明け方までやっている酒場の扉から、酔った女の声が通りまで響いてくる。男はその角を右に曲がり狭い路地に入った。それから突き当たりにある低い集合住宅を見つめた。どの窓もカーテンがかかっているが、おんながいる部屋からは鈍い光が洩れている。出かける前、整理箪笥の上においてある写真を眺めていた。写真は彼女の若い頃のものだった。膝にこどもを抱きほほ笑んでいる姿からは、新妻の穏やかな日常が見えた。稚児は幸福そうに眠り、おんなは充たされた雰囲気の中にいた。男はその写真よりも撮っている夫を想像した。公務員だと言っていたが、なにをやるにしても計画をたてて行動をする人間で、その写真も娘の一歳の誕生日に撮ったのだと教えてくれた。娘は三歳の時に交通事故で死んだ。詰《なじ》られ続けているおんなの顔が浮かんだ。

そのおんなが写真を見入っている姿が見える。男がどうして一緒になったのだと訊くと、先にこどもが生まれたのだと笑った。なぜ別れたかは言わなかった。もう会うこともないし、会いたいとも思わないと言葉をとめた。それならなぜ幼いこどもの写真を飾るのかと感じたが、男は訊かなかった。尋ねれば自分も訊かれる。訊く理由もなかった。

男がアパートの前までくると物音がし、彼はその音に誘われるように裏側にまわった。土手に平行して遊歩道があり、桜並木が続いている。海鳥がそこを歩いている。歩道のベンチの脇には、あおいビニールシートと段ボールが積み立てられた小屋があった。浮浪者はまだ眠っていた。そのそばを勤めに出る男が足早に歩いている。浮浪者は頭が禿げ顎鬚を伸ばした初老の男だ。二月前からそこに住み着きはじめ、上流から流れてきた枯れ木を集めて飯を炊いていた。姿が見えない時には日雇いの仕事にありついているらしく、そんな日は魚を焼いている煙が立ち上がっていた。ワンカップの酒の空壜が転がっていることもある。天気のいい日は土手で陽なたぼっこをしたり、対岸の景色をぼんやりと眺めていた。

おんながつくる味噌汁の匂いが流れている。ドアを開けると彼女が炊事場に立ち、沸騰した薬缶から急須にお湯を注いでいた。

「遅かったのね」

「働いた分だけもらってきた」

男は放り投げるように金を渡した店主の顔を思い出した。もう店に行くこともない。安心している店主はどうするのか。そう思うと悪い気持ちがせず、もっと借りてもよかったかという感情が生まれた。

「言ったの？」

それでどうだったと、彼女は愉快そうに目尻に細い皺を集めた。

「別に」

おんなは黙り、ドリッパーにフィルターを当てコーヒーをいれた。やわらかな香りが部屋に充満し、鈍っている男の五感を刺激した。彼女は耳をすましコーヒーの雫の音を聞いていた。

「お疲れさまでした」

男にお茶を差し出し、自分はコーヒーを口に運んだ。それからおかしいわよねと呟くように言った。あなたが日本茶で、わたしがコーヒーなんだもの、いままで当然だと思っていたことが、急に妙に感じると笑みを返した。相手は自分の思いつきがうれしいのか柔和な笑みを残したまま、コーヒーの味を愉しむように口に含む。寝起きの顔は青白く、耳朶の下に染みが浮いている。そこに歯を立てると、寝間の声が変わるのを知っているのだろうか。

「どうかしたの」

おんなは目の奥に不安の色を浮かべていた。なにもなくなった部屋は掃除が行き届き、男が煙草を吸い部屋を見まわすと、こんなに広いとは思ってもいなかったと言った。

「リサイクルショップの人にきてもらい、みんな処分しようとしたんだけど、受け取らないものがずいぶんとあるんだもの。それは資源物のごみとして出してしまったわ」

男は煙草の煙を目で追った。白煙は低い天井を這い、窓辺に流れている。おんなもその行方に視線を投げかけていた。

「いままで一度も気づかなかったわ」

男は相手がなにを言っているのかわからず、横顔を見つめた。爪には透明なマニキュアが施されていた。男がそこにも視線を流すと、指先を隠すようにまるめ、おかしいでしょう？　もう必要ないのに、と男の目の色をうかがった。

「煙草の煙があゝいうふうに流れているなんて、少しも知らなかった」

おんなは新しい発見をしたかのように目に光を込めた。男は相手が気づかなかったと言ったのは、そんなことだったのかと思い、弱い笑みを口元にためた。

「なんだか羽衣みたい」

彼女は小学校の頃の学芸会で、天女の役をやったことがある、同級生の相方が途中で台詞を忘れ、壇上でべそをかきだしたと愉しそうにしゃべった。その男の子はおんなの子の性器に異常な興味を示し、彼女たちが学校の便所で、小便をしているところを覗き見するようなこどもだったと言った。いまは小学校の教頭をしているらしいが、大丈夫なのかと笑い、四十年近く前の話が、歳を取るにつれ鮮やかに蘇ってくると言った。男は用足しをしていたのは、おんなではなかったかと想像した。

男は煙草が急に苦く感じられ、灰皿に火を押しつぶした。それを見ていたおんながなにかあったのかと訊いた。

「なにも」

沈黙があると、夜明けと同時にやってくるからすが啼きだした。ごみの収集を夜にやるようになってから、餌を探すのがむつかしくなったのか、からすはよく啼く。おんなはそれが煩わしいと言う。

「眠ったほうがいいわ」

彼女は部屋の隅に敷いてある蒲団に視線を走らせた。男が促されるように蒲団に潜り込むと、戸口を出て行く気配があった。おんなはドアを閉める手をとめ、眠っている男の反応を探るように見つめた。やがて階段をおりて行く足音が聞こえ、男は目を閉じていたが寝つけなかった。外は明るくなり、遠くで乗用車の警笛が響き、近くのアパートからは新興宗教のお経を唱える声がしだした。寝返りを打ったがやはり眠りはやってこなかった。

つつじの匂いが鼻孔をくすぐり、淡い香りが男の眠りを浅くしていた。彼は手の甲で二、三度鼻面をこすり払いのけようとした。本当につつじの匂いなのか。そういえば勤めていた投資顧問会社のビルの入り口にはつつじが植えられ、春になると薄紅色の花を咲かせていた。男はそれを会社のそばの喫茶店から見続けていたことがある。老守衛が水を与え、若い女子社員が立ち止まって見つめていた。株式投資をしている男たちは、ひとりとしてその花に目をとめることはなかった。なぜ今頃になってあの光景を思い出すのか。

顧客の中には株式の暴落で自殺した者もいたし、親の代から続いている魚の仲買いの店を潰した者もいる。若い女とオーストラリアに逃げて生活している男もいる。どこでどうなるかわからないのが人生だが、自分がその片棒を担いでいた。みななにかに取り憑かれているような人間ばかりだった。

会社を辞める数日前、同僚に、付き合えと誘われた。彼が男を見る目はときおり湿り気があった。人の心の動きを注意深く見つめ、なにかを探り出そうとする目の動きだ。体軀ががっしりとし、太い首と厚い胸板を持った同僚が、ふと見せる女性的な振る舞いは戸惑わせるものがあった。

あの日、男は同僚の小指の爪先に、あかいマニキュアの残りがついているのを見つけた。はじめはインクかと思い指摘すると、拳をつくり覆った。男が相手の大げさな動揺に驚き、横顔を見ると、気まずそうに表情をゆがめた。昨日、娘とふざけ合ったのだと笑った。株価が暴落しはじめると、豪胆に見えた性格も繊細さのほうが目立ちだした。その晩、彼は酔い、自分の将来はない、会社も危ないのだと言った。大きなバッグを持ち歩き、今晩は最後まで付き合えと命令した。

おまえに秘密の場所を教えてやると言い、上野駅近くの酒場に連れて行った。ドアを開けると数人の女たちがいて、彼の姿を見てもなにも言わず、あとからついてきた男を店の奥に案内した。野太い声と上下する喉仏を見て、同僚にそういう趣味があるのかと合点したが、彼の姿は見えなかった。

やがてドアが開くと、くろいイブニングドレスをまとった頑丈な同僚が現われた。髪のながい鬘《かつら》を分厚い胸元まで伸ばし、ハイヒールを履いていた。重い体重が支えられるのかと危ぶんだが、あかい口紅をし女性になりきっていた。どお、似合う？　太い手首には金色のブレスレットをし、同色の細いネックレスもドレスに映えていた。仮装行列をやったことがあるだろ？　中学や高校時代に。あれからさ。いつか、あんたにしゃべろうと思っていた。男は相手が見せる、湿り気のある視線はこのことだったのかと気づいた。わかってくれると勝手に想像していたんだけどなと相手は言った。女装した同僚は、ふだんの開けっ広げな性格は見えず、もの静かだった。おかしいか？　そのうち慣れるさ。なんでも慣れれば一緒だろ？

それから男にもやれと促した。彼は固辞したが根負けした。男は深紅のツーピースを着せられ、しろいストッキングとあかいハイヒールを履かされた。女装し終えると、男は急に口数が減り、酔いの中で恥ずかしさと心地よい陶酔を覚えた。同僚は夜の街を歩こうと誘った。上野周辺を歩いていると、通りを歩く人間の目が一斉に集中した。自分が自分でないみたいだろ？　みんな自分じゃなくなりたい時があるんだよな、と同僚は言い、なあ、一緒に死ぬかい？　と唐突に訊いた。誰が？　と訊ね返すと、あんたとおれさと言った。彼が立ち止まると嘘だよと囁いた。

それからふたりは繁華街を一周して店に戻った。その夜、遅くまで飲み、同僚はいつもより陽気で、別れ際に太い手を出しかたい握手をした。明るく笑いかけながら、元気でやれよと言った。化粧を落とした相手の顔色は青白く、男は、それを飲みすぎたせいだと思っていた。おれもおまえと同じだろ、と妙な慰め方をしたが黙っていた。駅前で別れると、相手は夜の雑踏に佇み、男の後ろ姿を見つめていた。

次の日の朝、会社で同僚の死亡を知らされた。明け方に自宅近くの雑木林で自殺したが、それは彼と別れたあとだ。おもしろいこともやったし、もう十分さ。そう言えばあの人間がつつじの花枝を折り、匂いを嗅いでいたと思うと、鼻先にいつまでも付着していた。

振り払ってもつつじの香りは消えず漂っている。いったいどうしたことか。男が息苦しく感じ目を開けると、おんなが顔を見下ろしていた。

「寝言を言ってたわ。どんな夢？」

おんながほほえんでいた。

「昔の夢」

「首でも締め付けられていたのかしら」

男は相手の顔を見つめ、夢をたぐり寄せようとしたがすでに消えていた。畳の上にはピンクの錠剤が散らばり、おんながまた数えていた。手首に細い三日月型の切傷があり、男がそれを見ていると、いくつあるかわかる？　と華やかな声を上げた。

「ちょうど三百もあるのよ。すごいでしょう？」

おんなは眠れないと言っては、少しずつ薬をもらってきていた。それを溜め一錠も飲まなかった。眠くなければ何時間でも起きていたし、眠くなれば一日中寝ていた。一度だけ遊歩道に集まる鳩に、数粒の錠剤を食わせて反応を見ていた。飛んでいる鳩が突然眠くなって落下してくるのではないかと、空中を舞う姿を見続けていたが、いまはそれもない。

「もうお昼すぎ」

相手がそう言っても男は気怠い体を起こそうとはしなかった。つつじの匂いはおんなの香りだったのか。

「愉しかった？」

「花の匂いでむせ返っていた」

男は気恥ずかしさを感じて説明を省いた。

「贅沢な夢」

遠くで軍艦マーチをかけた街宣車が通りすぎる。北方領土は自分たちの土地だと大きな声が届いてくる。

男は急に現実に呼び戻された気がして、自分でも気づかない吐息をした。

「まだ眠り足らない？」

「こどもの頃、親戚がカラフトで旅館をやっていたと聞いたことがある」

「軍艦マーチのせいかしら」

男の脳裏にロシア兵に追いかけられ逃げ惑う、会ったこともない伯母の姿が見えた。容姿は老いた母親と重なった。その親も死んだ。伯母が生きているはずがない。

「かわいそうな運命だったのかしら」

伯母がどうしてカラフトに渡ったのか知らなかったが、漁師の男といい関係になり、親の反対を押し切って家を出たのだと母親は教えてくれた。仲がよかったという母親は死ぬ寸前まで彼女のことを気にしていた。血のつながった姉妹というだけで、あんなに強く憐愍の情が湧くのか。彼にはそんな感情は持てなかった。別れた妻子にも感じなかったし、身内にたいしても同じことだ。

男は出刃を研いでいた。シュー、シューと砥石が擦れる音がいまも耳の奥でする。額の汗が出刃を押さえている指先に落ちたが、気にもせず刃先を尖らせた。光った刃の中に、妻が別の男に抱かれている姿が滲んだ。その姿を消すように男は研ぎ、刃先を新聞紙にまるめ鞄に忍ばせた。家のドアを合鍵で開けると、妻の寝室から、誰？　と上擦った声が届いた。その声を頼りに足早に階段を上がると、裸の妻は内側からドアを押さえていた。強引に入り込むと、下着だけをつけた男が身構えていた。彼は出刃を取り出し切りつけた。悲鳴が聞こえたが、あれは妻の叫び声だったのか。それとも男の声だったのか。確かに逃げ惑う間男を切ったはずだ。家族とはあれ以来会ってはいない。会いたいという気もない。それでいいという気持ちがある。緊張の糸が切れると未練も消えた。別れたのはそれからまもなくしてからだ。

「わたしのおじいちゃんは満州だったわ。もう四十はすぎていたのにかわいそう。いつも膝に乗せてその時のことを話していたわ。敗戦後、四年も経って舞鶴に戻ってくると、二千円ももらってよろこんでいたの。戦争に行き、抑留地に行っても死ななくてよかったと思ったらしいの。戦前なら家が一軒建つ金額だったから、うれしくてしかたがなかったみたい。仲間と生きていてよかったとよろこんだみたいよ。それが三日かかって郷里に戻ってくる間に、きれいになくなったと、いつも笑わせてくれた。おじいちゃんのその話がうまくて、戦争のことも捕虜のこともよくわからなかったけど、よく聞かせろとせがんだもの」

おんなは目尻を下げた。それからいい天気になったわ。散歩でもする？　と訊いた。隣の部屋で食器が割れる音がした。若い夫婦と生まれて間もない赤子がいるが、今日はまだ泣き声も聞こえない。その声を聞く時だけ、おんなの顔がいつも強張る。捨てた娘のことでも思い出しているのだ。なーんにも思い残すことはないんだからと言うが、なにもかも断ち切ろうとする感情は、どこから生まれてくるのか。

「変ね、もうすぐどうでもよくなるのに」

「おかしいだろ」

「そうよね」

街は渋滞でもしているのか街宣車の音楽が消えない。おんながカーテンを引くと、強い陽射しが飛び込み、男は反射的に左手で光を遮った。

「ごめんなさい」

おんなは相手が怯えたように顔を背けたので、カーテンを半分だけ閉めた。彼女の向こうに高層ビルと冬の空が見える。土手に生えた巨大な土筆《つくし》のようだ。空気が澄んでいる。あの先に今日は富士が見えるはずだ。男は自分がなぜ土手にやってきたかは知っていた。秋晴れの空に雪を被りだした富士が見えた時、両手を合わせたい気持ちになった。はじめて目にしたのは、上京してくる夜行列車の車窓からだった。

目が醒め窓を覗くと、朝の景色の中にその姿があった。美しさになんとも言えない気持ちになり、姿が見えなくなるまで見続けていた。もう三十年も昔のことだ。いやなことがあったり心が晴れない時にはよく見に行ったが、いつから出かけなくなったのか。

「本当に開けてていいの」

おんながもう一度カーテンを引くと、瞼の裏側の富士が消えた。

アパートの階段を下りると、そばの空き地にはおんなが集めた空缶が山積みになっていた。天気のいい日に拾い集めたものだが、今朝、業者が引き取りにくるのだと言った。相手は難色を示していたが、その数と無料でいいと告げればくるのよとおんなは言った。どうしてそんなことをするのだと訊くと、なにかをやっていないと落ち着かないのだと訴えた。

男は川土手に出た。遊歩道の桜の枝は寒々としていた。その遊歩道に、ひとりの男が段ボールを組み立て生活しはじめた。七十近い人間に見えたが、実際にはまだ若いのかもしれない。古いビニールジャンパーを着て、いつも手袋をし指先だけを出している。おんなはその男となんどか話したことがあると言った。昔は大学講師をやったり、町工場を経営していたことがあると言っていたけど。外国にも留学し、コロンビア大学で学士号も修得しているし、翻訳業もしていたことがあるんだって。大変な人生よねと苦笑した。相手にどんな人生があったか知らないが、食べ物に不自由をしているわけでもなさそうだ。先日も近くにいる仲間たちが集まり、すき焼きをやりながら酒を飲んでいた。酔って小便が近くなると、土手の上から放物線を描いていた。

それを見ていたおんなは贅沢だと言ったが、あんがいと当たっている気もした。今日はまだ姿が見えない。まだ眠っているのか。以前、男が仕事から戻ってくる時、近くの神社で鈴を鳴らし、いくども参拝をしていた。突然、手水を頭からかけ、取り憑かれたようにお参りを繰り返すので、どうしたのかと眺めていると、女の名前を呼び、助けてくれと祈願していた。どうやら離れて暮らしている家族が病気になったらしく、そのことを祈っているらしかった。浮浪者は男が盗み見しているのに気づいても、執拗に鈴を鳴らしていた。近くに住む住民に文句を言われてやめたが、水をかけた頭から熱気が発散していた。あとをつけて行くと、段ボールで造った小屋に入った。物音がしないので近づくと、大きな鼾をかいて眠っていた。男は拍子抜けして笑ったが、あれから一段と興味を持った。

そして数日前、浮浪者が、酔った若者たちに取り囲まれているのを見た。若者は誰も声を出さず蹴り上げていた。彼は体をまるめ、一切抵抗せずに殴られ続けていたが、男はとめようとも思わなかった。神社で、人を無視した目の中に、守るものがある人間の強さを感じたし、むしろいい気味だと見ていた。

浮浪者はいいかげん殴られると解放された。若者たちはなにごともなかったかのように路地に消えた。浮浪者は立ち上がることもできず、男は死んだのではないかと見続けていたが、両手をつき起き上がると、胡座をかいてうなだれていた。それから爪楊枝を短くなった煙草に刺して火をつけ、唇を尖らせて吸った。それを見てふてぶてしい人間だと感じたが、横顔は腫れ血も流れていた。胡座のままいつまでも放心していた。

男がそばを通りかかると、浮浪者が顔を出した。毛糸のセーターを着て、ズボンも新しいものを穿いている。ビニールシートをかけた小屋の周りには日用品も増えている。相手の着ているものを見て、おやっという気がしたが、男は黙って見ていた。浮浪者の頰には殴られたせいか瘤ができ、額や唇が切れかさぶたができていた。

男はふと声をかけたい気持ちになり立ち止まったが、なにをしゃべっていいのかわからなかった。相手は男の姿など目に入らないという仕草で、読んだ新聞や週刊誌を積み上げている。彼はまたしかたなく歩きだした。土手はめずらしく誰も歩いていない。たまに川のスケッチをする者や、写真を撮る者もいるが、いまは彼らもいない。数羽の白鷺が川の中を歩き、餌を啄ばんでいる。背後で鳥の鳴き声がすると、浮浪者が土手に立ち、パン屑を放り投げていた。かもめが舞い、投げたものを空中で獲っていた。

「いいかげんで、いやがらせをするのはやめてくれんですか」

餌を与えている浮浪者を見ていると、斡旋屋の若い男から電話が入った。

「もう、いいよ」

「なにがいいんですか」

相手は一瞬言葉を詰まらせてから訊いた。

「あんたとずっと夫婦だということですか」

「そうだ」

男は強く言い切った。

「知りませんよ」

「それでもいい」

彼は言い切らないうちに電話を切った。若い男の動揺している姿が見えた。携帯電話はまた着信音が鳴り、受話器を耳に当てると、どういうことだと怒鳴る声がした。男はそれも切った。それからいまさら持っていてもしかたがないという気持ちになり、放り投げてしまおうかと思ったが、目の端に浮浪者の影が入り、彼は近づいて行った。

男が近寄ると、相手は身構え逃げようとしたが、心配するなと言うとベンチに腰をおろした。

「あんたにもらってもらいたい」

男は自分の持っている携帯電話を突き出した。浮浪者は彼の言っていることがわからず、不審な顔つきを見せたが、危害を与えそうもない人間だとわかると表情をゆるめた。殴られた時の血は薄い髪に付着したままで強張っていた。

「いらん」

浮浪者は甲高い声で言った。男は滅多にかかってくることのない携帯電話を、なぜ持っていたのかと考えた。おんなや先刻の若い男とのやりとりなら、電話がなくても事足りる。それとも別れた家族からかかってくるとでも思っていたのか。妻や娘から一度としてかかってきたことはない。

「もういらないから」

「おれも必要ない」

浮浪者は強く拒んだ。

「家族にかけることもできる」

男が先日の神社の姿を思い出して言うと、相手の目に戸惑う感情が生まれた。疲れているのか黄色い目をしていた。

「なにも悪いことをするわけじゃない」

浮浪者は信用せず、訝しそうな視線を投げた。それにあの家にいる人間だと指差すと、相手はアパートの部屋を見上げた。

「そうされる覚えがない」

「あと二、三週間は使えるかもしれない。いらないなら、ここから投げ捨てる」

浮浪者は男を見つめたまま、汚れた手を差し出した。手袋を取っている相手の手は、甲から指先にかけて火傷のように爛れ爪もない。浮浪者はその手を一瞬引っ込めてためらったが、今度は手袋をした手で受け取った。男は相手が町工場をやっていたのは本当ではないかと思った。

「かかるのか」

「信用しないなら、いまからかけてみてもいい」

「騙されてもいいさ」

「妙な電話が一本だけ入る。勝手に切ってもいいし、応対してもいい」

男は電話をした時の若い男の狼狽している姿が見えた。おれがいなくなれば、あの中国人女は所帯を持つことができない。女の怒っている顔が見えた。

「使えなくなったら、ここから放り投げる」

「かもめが食うかもしれない」

男が冗談を言うと、相手はようやく干涸びた唇をゆるめた。男は自分が育った土地を思い浮べた。近くに遠賀川が流れ、広い平野にここと一緒で鷺やかもめが舞っていた。空には芦屋基地からの戦闘機が飛び、轟音が響いていた。その騒音がいやで、はやく土地を出たいと思い生きてきた。このままの人生が続けばいいと感じることもあったが、いまはそれもない。生きていても死んでいる気がするし、死んでもずっと生きている気がする。ねえ。富士山の見えるところにしましょう。あんなにきれいな山を見ながらなら、贅沢な気分になるわ。おんなは男が富士が好きだと言うと表情を輝かせた。彼はそれでもいいと感じた。

「あんたは、どこの人かね」

男は思わず口走っていた。浮浪者は彼の顔を覗くように見つめ、それから、忘れたと言った。

「なんでも忘れたほうがいいんさ」

浮浪者は持っていた携帯電話を男に戻そうとした。彼はよけいなことを訊ねたと思い、それ以上訊かなかった。相手は男が受け取らないとわかると、その携帯電話を握りしめていた。

男が川土手から戻ってくると、おんながあの人、あなたのものを着ていたでしょ？　と笑いかけた。彼女はカーテンも外し、冬の陽射しが飛び込んでいる部屋の真ん中に座っていた。

「もう、行く?」

彼は窓辺に立ち、土手に視線を泳がせた。草叢《くさむら》に座った浮浪者が、携帯電話を耳に当て誰かと話している。手のひらで顔をぬぐっているが、泣いているのか。

「どうしたの?」

「電話をやった」

今頃は若い男と店主が、自分のことで相談しているはずだ。中国人女はしばらくはもう誰の籍にも入ることができない。そう思うと、いびつな笑みが腹の底から浮いてくるが知ったことではない。

「いいの?」

「使えるだけ使えばいいさ」

家族と連絡をとった彼は、幸福なのだろうかとふと考える。手袋をした指先で握ったままの携帯電話を耳元から離さない。男の脳裏に、水ごりをしていた浮浪者の姿がもう一度浮かんでくる。

「さあ、行きますか?」

おんなは深呼吸をして部屋を見た。なにもなくなった二間の部屋は広く感じられる。斜めから射す光が薄暗い部屋を照らし、灼けた畳を炙り出している。

「いいかしら?」

ピンクのスカーフを首に巻き、肌色のオーバーコートを羽織ったおんなが鞄を持った。きれいに化粧を施し、男はいままで一番おんなが美しいと感じた。

「いいよ」

「もう十分」

男が応じると、おんなはドアの鍵を閉めた。男の目の奥に陽射しが侵入している部屋の残像があり、なにかを忘れた気がしたが、それがどんなものであるか彼にもわからなかった。どうしたの？　その戸惑いに気づいたのか、おんなが、本当にいいのかとまた訊ねた。ああ。男は溜め息に似た返事をした。浮浪者は草叢に座り込んだままうなだれている。手には男が渡した携帯電話が握られていた。

「さあ、行きましょう」

おんなが促すと、隣の部屋のドアが開き、色艶のいい女が、お引っ越しですかと尋ねた。数日前からお荷物を片付けていらっしゃったから。彼女はまだ二十歳前後だった。

「ええ、そうなの」

「どちらへ」

「わたしも行ったことがないところ」

おんなは悪戯っぽく笑みを見せ、明るく応じた。相手は首を傾げた。お元気で。彼女が小さくお辞儀をすると、おんなはあなたもと手を振った。男は今し方の彼女と同じように深呼吸をした。すると瞼の裏側に、山あいに囲まれた湖の先に、壮大な富士の雄姿が見え、少しずつ微睡《まどろ》んでいく自分とおんなの姿が見えた。

恋人

六歳になる牝犬が縁台に上がり、白い腹部を見せて寝そべっている。わたしは彼女のやわらかい腹部をなでた。そこには二歳の頃の避妊手術の痕があり、肉がみみず腫れのように赤く盛り上がっている。病院から戻ってくると、しきりに縫合した部分を舐めていたが、わたしは残酷なことをしたという気持ちになっていた。しかたがないわよ、さかりのついた牡犬は鎖を切ってもやってくるというでしょ。仔犬が生まれても別れてしまうことになるんですから、もっとかわいそうですよと妻は詰《なじ》るように言った。わたしには一度はこどもを生ませてやりたかったという気持ちがあり、犬に見つめられるといまでも責められている気がする。

陽射しはやわらかだ。空気もふくらんでいる。春だなとつぶやくと、犬がわたしの指先を舐め上げた。柴犬はおとなしい。妻が六年前に近くの公園から拾ってきた。日に二度の散歩と、丹念にブラシがけをやりかわいがっていたが、その妻は一年前に子宮癌で死んだ。犬のおなかを切ってしまったから、罰があたったと弱々しくわらっていた。

「どうするか。おまえも行くか」

この頃のわたしはよく犬に声をかけている。連れて行ってもなあ。退屈するばかりだから、留守番をしておくか。そうつぶやいて立ち上がると、相手も一緒に起き上がって催促するように尻尾を振った。

きのう午後、縁側でぼんやりとしていると、尚美から電話が入り、阿蘇山までドライブをしたいのでつきあってくれと言ってきた。もっと若い男性と行ったほうがいいと応じると、誘う者がいないのだと応《こた》えた。明るい声だったが緊張しているようにも感じられた。それで思わず承諾してしまったが、わたしは朝から小さな胸騒ぎを覚えていた。どうして阿蘇なのか。ためらわせるものがあった。みんなおじさんのことを羨《うらや》ましがっているわよ。尚美は途切れた言葉のあとに付け加えるように言った。

わたしは一年前に勤めていた電鉄会社を辞めた。定年退職までまだ八年もあったが、もう十分だという気持ちになった。妻との間にはこどももいなかったし彼女も亡くなった。人の死などあっけないものだ。なにも無理をして働くこともないという気持ちにもなった。あくせくせずゆったりと生きたい。早期退職の割増金をもらい、ひとりで生きていくだけの貯えもある。なんとかならなければその時はその時だ。そう決めると心も落ち着いた。同僚たちにはいい身分だとからかわれたが、確かに彼らが言うようにこどもがいたら、こんなこともできなかったはずだ。

わたしは仏壇の前に立ち妻の遺影をながめた。いつもの目と違い射るような視線だ。ふたりだけの静かな家庭だったが、死ぬ間際になると、犬のことばかりを気にしていた。その言葉を耳にするたびに、やはりこどもがほしかったのではないかという気がした。病院に行き、最善の手当てをすればよかったかと後悔の念もわいたが後の祭りだ。おたがいが強くそうすることも願わなかったし、為すがままでいいという思いもあったが、今頃になって、これでよかったのかという思いが払拭できない。

「今朝になると、なんだかおじさんに悪い気がしてきたわ」

尚美を待っていると途中から連絡が入り、受話器の向こうからすまなそうな声が届いた。わたしが家の前に出ると直《じき》にやってきて、運転席からごめんなさいねと短く舌を出した。肩まである髪を束ね、橙色のジャケットを着ていた。紺色の乗用車は新しいものだった。助手席に座るとかすかに若い女性の香りが鼻孔をくすぐった。

「家族には内緒にしてきたの」

どうしてと訊ねると、なんだかそのほうがいいでしょ、面倒くさくもないしと目元をゆるめた。わたしはなぜ自分を誘ったのか判断できないでいた。

「おじさんもそのほうがいいでしょ？」

尚美は笑みを残したままこちらの顔をのぞいた。彼女が従妹の娘だとはいえわたしを誘うにはなにかある。なにもなければ声をかけるはずもない。尚美が冗舌なのもそのことを物語っている。わたしが緊張しているのもそのせいだ。

「やっぱり無理を言っちゃったかな」

「少しはね」

「でしょう？　でも暇でしょ」

尚美は東京の大学を出て地元のテレビ局に勤めていたが、二年で辞め、仲間たちとミニコミ誌をやりだした。男親は彼女のわがままに押し切られた格好だったが、母親は賛成してくれたとよろこんだ。あの人はなんでも注意をしてやりなさいと言うだけなのよね、なんだか好きなようにやれと言われると、かえって羽目をはずすことができなくなるでしょと文句を言った。

わたしが私鉄会社の広報室にいたこともあり、彼女はミニコミ誌の企画や広告取りのやり方を訊《き》いてくることがあった。近頃はなんとか軌道に乗り出したと言い、こちらにもなにかいい企画があったら教えてくれと頼む。わたしにはいまさらああしろこうしろという気持ちはなく、彼女がしゃべるのを聞き流す程度のことしかできなかったが、それでも気持ちが落ち着くものがあるらしかった。阿蘇に行くのも、なにか仕事の関係だろうと詮索し、男のわたしがいたほうが、仕事がやりやすいことでもあるのかと勝手に思い込んでいた。そして気やすく引き受けてしまってから、苦い感情と小さな不安が胸の中に巣くいはじめていた。

「なんだかいい日和《ひより》」

高速道路を走っている尚美が声を上げた。わたしはなぜ彼女が阿蘇に行くのか考え続けていた。訊けばすぐにわかることだったが、訊いてはいけないことのような気がした。横顔を向けている相手はなにも言わない。しばらく会わないうちに急におとなの女性を感じさせるようになっていた。

「いくつになった」

「おじさんは?」

「もう歳さ」

「和津子さんもいつもおなじことを言っている」

わたしは尚美が母親の名前を出したので動揺した。

「元気？」

「あちらさんもそう訊いていたわ」

和津子はあと数年すれば夫が退職し、毎日家にいるようになればどうしようかと迷っていると言った。意味がわからず黙っていると、女性の最大のストレスの元は旦那さんで、それこそ一日中一緒にいると病気になるのではないかと心配しているとわらった。それで今度は自分のほうが働きに出ようか、あなたのところの雑用でもさせてもらおうかと言っていると話してくれた。それはこちらが困るからていねいに断りましたけどねと尚美は言った。

「最近は暇つぶしに陶芸教室にも行って、けっこう愉《たの》しくやっているみたい。子育てが終わったら、なにをやっても充実感がないんですって。あとはただ老後を迎えるだけだと言っていますよ。変な女性」

わたしは尚美の話を聞きながら、家庭はうまくいっているのだなと思った。

「いくつ？」

「誰が？」

「きみがだよ」

「おじさんも歳をとってきたのか、だんだんとしつこくなってきているんじゃない？」

尚美は二十六になりました、残り少ないけどと言ってすねるように頰をふくらませた。わたしは若い頃、和津子とつきあっていた。誰も知らない秘密だし、また身内にこそ言えない悩みだった。彼女は二十二歳、わたしが二十三歳だった。ふたりともまだ学生で、和津子は地元の大学に通い、わたしは東京に出ていた。はじめて関係ができた時、陥ってはいけないところに陥ったような怯《おび》えを抱いた。真綿に包まれ身動きがとれないような不安と息苦しさを覚えながらも、自分たちの感情を抑え切れずにいた。

彼女とは、わたしが東京に戻る前に阿蘇山に出かけた。途中から雨に降られ、しかたなく麓にあるホテルに入った。そこで洋服を乾かし帰るはずだったが、夜も遅くなり泊まってしまった。いやはじめからそうなってしまうのではないかという気持ちは、心のどこかにあった気もする。その夜から親族に言えない関係になってしまったが、日々後悔するという感情も生まれた。

自分たちはどうなるのか。どうすればいいのか。なにもなくいままでのように愉しくつきあっていれば、こんなに悩むことはなかったのではないか。自分たちがもっとも身近な血縁だということもあり、おたがいが相手の中に自分の姿を探していた。それが畏れにもつながっていたし、反対に心を高ぶらせる原因にもなっていた。一緒に身内の前から姿をくらまそうとまで考えた。いま思えば若さゆえの動揺でもあったし、たがいの家族は必ず反対するという思い込みもあった。

そして駈け落ちをすることを決めた。和津子は学校を辞めてもいいと言ったし、やがてわたしも卒業して働く。なんとか生きていけるはずだ。当時はそれしか方法はないとまで追い詰められていた。前日に約束をして落ち合う場所まで決めた。だがわたしはその場所に行かなかった。臆病風にさらされたのだ。一晩中呻吟し、夜明けになって眠気が襲ってきた。時間がきても蒲団をかぶり起きなかった。あの朝なぜ行かなかったのか。彼女から電話がくることもなく、わたしは東京に戻った。恐くなり尻込みしてしまったのだが、心のどこかに和津子も本気ではないはずだという気持ちがあった。

わたしが取り返しもつかない卑怯なことをやってしまったと気づいたのは、その数年後だ。彼女が別の男性と結婚するようになり、わたしは仕事だと言って結婚式に出席しなかった。合わせる顔がないし、会えば平常な気持ちでいられるかという不安もあった。和津子が所帯を持つ前に一度だけ手紙をもらったことがある。そこには半日以上も待っていたことと、なぜこなかったかということが書かれていたが、感情を抑えた静かな文面だった。忘れられない思い出だが忘れるとも書いてあった。

その後、和津子とは会うことはなかった。妻が病気になった時や親族の冠婚葬祭の時に顔を合わせただけだが、わたしは彼らの集まりがある時でも極力避けた。負い目があったのだ。そのうち親族からも変人だと思われるようになったが、それもしかたがないことだった。この三十年いつも頭の隅にそのことが残りひきずっていた。近い親族でなく、また離れた土地に住んでいればそういう思いも薄れたかもしれないが、おなじ県内に住んでいる。こどもがいなかった妻は、ふたりの関係を知らず尚美たちをかわいがった。かわいがれば懐く。妻と和津子は懇意にしていたが、そうされればされるほどわたしは落ち着きのなさを覚え、二重にも三重にも背信行為を行なっているような気持ちを抱き続けていた。そして歳を重ねれば重ねるほど、あの時分のことがあざやかによみがえってくる。いまさらなにをという思いは一方にあるが、もしあの日、ふたりで逃げていれば、どんな人生が待っていただろうという気持ちは湧く。

和津子はそんなことがあってからじきに結婚した。わたしたちのことはふたりだけの秘密だ。死ぬまでしゃべることはない。身内から彼女たちの生活がうかがい知れたが、いまさらどうなるものではなかった。それから十年近くが経ってわたしも所帯を持つことになったが、妻に対しても背徳の意識があった。和津子に似てあかるい女性だった。こどものいない夫婦生活は庇い合う気持ちが芽生えるのか、おたがいの領域には深く入らない習性がついた。

彼女が亡くなったいま、わたしは相手の日常生活をなにも知らなかったことに気づかされた。わたしは勤めに出て気分をまぎらわすことができたが、ひとりで家庭を守っていた彼女は、もっと孤独ではなかったのか。姪たちをかわいがり、誕生日にはいつも贈り物をしていた。そんなことをしなくてもいいと言った時に哀しそうな表情をつくり、やがてわたしの自由にさせてくれと訴えた。

その強い感情の表れに、わたしは戸惑うものを覚えなにも言わなくなったが、あの沈黙した表情を思い浮べると、いまでも心がひりひりと痛む。自分は和津子にも妻にも、不誠実に接したのだという悔恨も募ってくる。

「ねえ、おじさん。富士山もいいけど、阿蘇山もいいわよねえ、なんだか雄大でしょ?」

「噴火口をながめていると、地球が生きているって思うよな」

「不思議よねえ。ずっと燃え続けているんですからね」

尚美の運転する車は風を受けてやまなみハイウェイを走っている。視界に広がった空は澄み、放牧された牛は若草を食《は》んでいた。のどかに横たわっている牛たちもいる。母牛の後ろに子牛がいて、走りすぎようとしているこちらをながめている。かわいいわぁと彼女は声を上げた。わたしは傷口をいとおしそうに舐めている牝犬を思った。それからごんちゃんのことだけが心配と言って死んだ妻の顔が浮かんだ。そして彼女はなにも知らないはずなのに気づいていた気もしてきた。和津子さんは一度もあなたのことを訊ねないのよね。こどもの頃から知らないのかと探るように尋ねたことがある。わたしは知っているよとそっけなく言い、そのまま新聞に視線を落としていたが、彼女はなにも言わなかった。

やがてわたしたちは乗用車から降りた。尚美はカメラを持ち、観光客が行き来する小道を登った。

「変わったことがあるとすれば、いつもカメラを持って歩くようになったことかしら。見逃しちゃいけないものってあるんですよね」

尚美は振り向いて遠くの風景を撮ってから、そのうち雑誌に使えるかもしれないと言った。

「愉しそうじゃないか」

「自分たちでやっているから張り合いはあるんです。将来のことも計画が立てられるし」

「よかったじゃないか」

「好きなことをやっていると、自分でもおどろくほどがんばることがあるんですよ」

尚美の生活は充実しているようだった。それからふいにわたしの腕を取って表情をゆるめた。

「びっくりするよ」

「あの人たちから見たら、いまのわたしたちはどう見えるかしら」

彼女は腕を組み歩調を合わせた。さあとわたしは首を傾げた。

「親子？　恋人？　それとも愛人かしら」

わたしは風に乗ってかすかに届いた彼女の匂いを嗅いだ。それから和津子の匂いを思い出そうとしたが、記憶は戻ってこなかった。ほんの数カ月間ではあっても、わたしたちは恋人同士だったのだ。人生にもしということがあれば、あの日が彼女とわたしの分岐点だったはずだ。わたしは怖くなり身を屈めてしまったが、そのせいで腕に温かい体温を届ける尚美がいる。

「どうだろ」

「やっぱり親子かしらねえ。愛人に見られるのもいいけど」

「きみがおむつをして、よちよちと歩いている姿が見えるよ」

いやだぁ、夢がないんだものと尚美ははしゃいだ。

「しかたがない。歳が違うからな」

「じゃ、まだいっぱい知っているでしょう？　恥ずかしいことも」

「ああ」

「知っていても言わないでね。もっと恥ずかしくなってくるから」

尚美はずるいとすねて見せた。もしこどもがいたら、わたしも妻も娘とこういう会話が愉しめたのだ。

「おじさんが元気でよかったわ。ひとりで心配していたんだけど。さみしくない？」

「孤独と孤立は違うからね。それにまだ歳でもないだろ？」

「なんだか損しちゃった気分」

尚美は写真を撮りにきたのだと言ったが、わたしのことを気にして誘ってくれたようだった。

「だから若い男ときたほうがいいと言っただろ」

でもいいわ、おじさんと思い出づくりになったものと茶化すように言った。やがてわたしたちは中岳の見晴らしのいい場所に立った。硫黄の匂いが漂い、足元の火口から白煙が上がっている。あおい空の先に外輪山が見え、麓の家々が点在している。わたしは三十年前の記憶を辿るように遠い景色をながめた。妻を哀しませないようにと生きてきたが、本当にそうだったのだろうかという疑念が湧いてきた。背信ゆえの偽りの姿勢ではなかったのか。そう思うとまた妻が不憫に見え、わたしは思わず目を閉じた。あかるいおだやかな風景が消え、この世から姿を消す間際の妻の顔がまた立ち上がった。この卑怯者。妻の声が届いた。

「写真を撮ってあげる」

佇んでいると尚美がじっとしていろと言いシャッターを押した。それから自分も撮ってくれとカメラを渡し、火口を背景に手摺りに手をあてた。

「尚彦おじさん、美人に撮ってよ」

尚美は風が棚引かせた髪を手のひらで押さえた。風はその声も運び去った。ファインダーから見つめていると、わたしは一瞬、尚美が和津子の姿に重なった。その幻影を打ち消すようにシャッターを押した。それからふと誰かに見られているような錯覚を覚え背後を振り向くと、初夏の陽射しが、こちらの目を射るように照りつけていた。わたしは急に泣きだしたいような気持ちになり目をこすった。ぼやけた眼《まなこ》の中で、手摺りに手をかけ、うれしそうに笑っている和津子の姿をもう一度見た。

老眼鏡のある喫茶店

わたしがその店に入ったのは三カ月前のことだった。いつものように散歩をしていると、大粒の雨が降り出してきた。民家の軒下でどうしたものかと思案していたが、一向にやむ気配を見せなかった。それどころかアスファルトを叩く雨は一段と強くなった。ぼんやりと雨脚をながめ、ふと路地の先に目を向けると、小さな看板が目に入った。路地の脇にはいくつもの植物が並べられ、その先には柿や枇杷の木が実をつけていた。

看板は喫茶店を示すものだった。こんな奥まったところに店があるのかと怪訝な気持ちになったが、本当なら雨宿りに都合がいいと走り寄った。確かにそこは喫茶店で、戸口の前に立つとコーヒーの薫りが漂ってきた。

店は薄暗かったが、右手にカウンターがあり、通路の左手にはテーブル席があった。カウンターの中には蝶ネクタイをした白髪の男性がいて、コーヒーを淹れているところだった。そのコーヒーが気になるのか、わたしの姿を目にしてもなにも言わなかった。代わりに奥にいた痩せた女性が、空いた席に案内してくれた。

年齢は五十代前後だろうか。目がややつり上がり表情も乏しかったので、性格のきつそうな女性に見えた。だがこちらがコーヒーを注文すると、途端に笑みが浮かび美しい皓歯を覗かせた。なんだ、やさしそうな女性ではないか。わたしの心に安堵する感情が芽生え、勝手に思い込んだ自分に苦笑いするものがあった。

「急に降ってきたみたいですね」

「あっという間でしたから、びっくりしました」

「これからは梅雨入りですから、こんな雨が多くなりますね。雨にも降ってもらわないと、動植物も困りますからねえ。都会にいますと、季節の恵みも忘れてしまいますわ」

わたしは自分が描いた印象とは違い、ずいぶんと如才なく接する女性だなと感じたが、それも客商売をやっているのだから当然かと思い返した。

「この間、公園でぼんやりとされているのをお見かけしましたよ」

「そりゃあ、お恥ずかしい。多分、散歩の途中で休憩していたのでしょう」

「よくやられるんですか」

「急に愉しくなりだしましてね」

「わたしはここで毎日、一万歩以上は歩いていますね。それで散歩はできませんが、十五年前よりも、十キロは痩せたんですよ」

その言葉で、彼女がこの店をやっていることがわかった。こちらの視線がカウンターの男性に向くと、旦那なんですよと言った。

「ご夫婦には見えませんね」

「それを言われると、いつも不愉快になるみたいですね。あちらは頭が真っ白、わたしのほうはまだこの通りですから」

女性は相手を盗み目して目元をゆるめた。亭主は馴染みの客の話に耳を傾け、聞こえないふりをしていた。

「あちらが六十四で、わたしが三つ下なんです。あの人が老けて見えますから、よけいにそう見えるんじゃないんですか」

女性が白髪の亭主のところに行き注文を通した。歳を重ねても二人で仕事ができる彼らが、急に羨ましく思えてきた。それはこちらが現在、家族とは離れて生活をしているから、余計にそう感じるのかもしれなかった。わたしは近くの大学で教員をやっていたが、千葉の内陸部から通うと、片道二時間もかかり、最近、思い切って狭い部屋を借りた。そこで三日間寝泊まりし、週末に帰宅する生活を送っているが、そうすると、今度は食事が不規則になり肥ってきた。

元々血圧や眼圧も高く、それに痛風も加わった。二十歳前後から運動をしたことがない生活だったので、体のあちこちに弊害が出てきた。戻ってくる時間が浮いた分だけ、散歩をしたらどうだと言う妻の言葉に従って、そうすることにした。以前から歩くのは苦にならない質だったし、知らない土地を歩くのも好きだ。帰宅の途中に下車したことのない駅に下り、近くの居酒屋で飲むのが好きだった。小一時間ばかり飲んで、家に帰る生活だったが、一日の疲れが取れる気がしていた。

そんな生活を十年以上も続けている間に、東京の駅前にある居酒屋はほとんど歩いた。時間があれば、少し足を延ばして知らない土地を歩いた。すると都会もいろいろな表情を持っていることに気づき、歴史にも明るくなった。案外といい趣味を見つけたものだと喜んでいると、血糖値も血圧も下降気味になった。自分が体のことを気遣う年齢になったのかと、淋しい思いをする時もあったが、実際、還暦間近まで生きられるとは考えてもいなかった。酒飲みだった父親を十二歳で亡くしたことが、そんな気持ちにさせていたのかもしれない。だが彼の姉は九十四歳で生きているし、母方の伯父や叔母も、八十七歳の母親を筆頭にまだ五人も生存している。祖母も百歳近くまで生き、彼女の二人の妹は百歳を超えた。

どちらの家系も長寿だったが、酒を飲んだ男親だけは早くに逝った。自分も同じようになるはずだと思っていたが、まだそうならない。妻は、わたしが一週間に三日とはいえ、一人寝起きをすれば、必ず多くの酒を飲むからと心配しているが、小言は言ったことがない。それでこちらは、物事にあまり拘泥せず生きてこられたと感謝しているが、部屋を借りたのはそれだけが理由ではなかった。彼女が更年期障害に入り、急に発汗したり手足が冷たくなったりして、体調が芳しくなくなったことも関係していた。

睡眠もまともに取れず、わたしの世話にも苦痛を感じている気配があったからだ。こちらは彼女がいなければ、家のどこにどんな物があるからもわからず、全てのことはみな任せて生きてきた。食事もつくったことはないし、銀行や郵便局にも行ったことがない。なにかをやろうという気もない。ただ感謝はしているが、こちらは外で働いているので、そういうものだと思い込んでいた。

人様の話を聞いているうちに少し違うなとわかってきたが、妻も不平を言ったことがないし、父親と母親の関係もそうだったので、それでいいのだと思い込んでいた。福岡生まれのわたしは、朝には男親と一緒に仏壇と神棚にお祈りをしたし、食事の時も、彼の次にご飯をよそってもらった。風呂も男親の次だった。湯が熱く、肌に刺すようで厭だったが入れさせられた。

仕舞い湯は常に母親と妹だったが、それで彼らは仲が悪いというわけでもなかった。父親が威張っているというわけでもなかった。それに人様の家庭と、自分の家庭を比べてもしかたがないという感情もあった。自分たちがうまくいけばいいだけのことで、妻を愚弄しているという気持ちもないし、彼女も当然のことのように振舞っていた。

だが知り合って三十五年近くになると、機械が摩耗するようにお互いの体もくたびれてきた。わたしもながい不摂生のせいで、全身が成人病の巣になった。妻もポリープを二回切除した。その時も、彼女は、なにも報せてくれず、さっさと病院に行って取ってきた。

わたしは後からそのことを聞いて、平然としている相手に驚いたが、すぐに凄いなと思い返した。ポリープはそれで収まったが、今度は母親が脳溢血で倒れた。その看病でまた神経をすり減らしていたが、母親や父親を先に送るまでは、生きていなければと言っている。義父母たちは息子夫婦と暮らしているが、義母が倒れてからわたしたちの家にもくるようになった。母親も実の娘のそばにいるほうが心が落ち着くのか、穏やかな表情を見せている。

体の自由が利かなくなった義母が、娘のところにいるようになると、夫である義父もついてきた。わたしたちの家に彼らがいる機会が増え、妻は余計に神経を遣う羽目になった。わたしも自分が一緒にいるよりも、親娘三人でいる時間を持たせたほうがいいという気がして、部屋を借りた。妻の負担も軽くなるし、こちらがいれば気兼ねもするだろう。そのことを申し入れすると、彼女はあっさりと承諾した。通勤時間が減る分だけ、書物を読むことができると言うと、どこか安堵する表情をつくった。

いざ部屋を借りると、寝るだけの生活だったので読書もできた。テレビもラジオもない生活は、静かで心も落ち着いた。案外と日々に流された生活をしていたのかと、遠い昔のことも思い出されてきて、懐かしい気持ちになることもあった。

時間の余裕も生まれたので万歩計をポケットに入れ、気分がよければ数駅先まで行き、そこから戻ってくる。途中、立ち飲み屋や居酒屋があると、客たちの話を耳にしながら飲んだ。妻には申し訳ないが、自分は昔からこんな生活をしたかったのではないかと思った。わたしの心の中には、若い時分からいつも働きたくないという気持ちがあった。人生は、なにをやっても大差はない。どうせ生きて死ぬだけだという諦念観があった。いい死に方も悪い死に方もない。どんな死に方であっても無様な死があるだけだ、草木が枯れて朽ちるのと同じだという気持ちもあった。

そんな感情が巣食っているのも、男親が早くに亡くなったことが影響しているのではないか。商売は母親に任せ、自分は昼間から酒を飲んでいるような男だった。祖母は戦争から戻り、すっかり性格が変わってしまったと言っていたが、こどもだったわたしには、どういうふうに変わったのかわからないが、やさしい親だった。

彼は、敗戦後、三年経って戻ってきた。家族はもう生きてはいないと諦めかけていたので、祖母は大変に喜んだらしい。母親と所帯を持ち、わたしが生まれたのだが、戦争からかろうじて生きて還り、これからの人生だと思っていた矢先に逝った。わたしが、人生はどこでどうなるかわからないという感情を、強く抱くようになったのはそのためではないか。

いつも自由に生きたいという感情があり、家庭もろくに振り返らず、気ままに生きてきたつもりだが、最近は、それは自分の身勝手な生き方だったのではないかと思案することもある。好きにさせてくれた妻に感謝するしかないが、現実には、彼女に厄介なことを押しつけて、逃げているのではないかという負い目もある。妻が、今の状態のほうがいいと言うのでそうしているが、それがいいことなのか、よくないことなのかわからない。そう言った彼女も本心か判然としない。

彼女はわたしと所帯を持つ時、どんなことがあっても、亭主の好きな通りにさせてやれと父親に言われたらしい。その言葉を守ってきた。小言や人の悪口を言うのを聞いたことがなく、人間の質はこちらより相当に上等だ。父親がそう言ったのもわけがあり、当時、わたしは小説を書いて生きていきたいという夢があり、稚拙な作品ばかり書いていた。書くと編集者に読んでもらったが、十年以上ぼつ原稿が続いた。そんなことを義父は知っていたので、苦労する覚悟を娘に伝えたのだろう。

やがて仲間たちとはじめた基礎工事会社が軌道に乗り、従業員も百数十人に増えた。今度は、読書も書く時間も乏しくなり、自分の思いが遠ざかるようで苦しんだ。そして二十年間働き、無理矢理会社を辞めたので、必ず頑張らねば、彼らにも申し訳がないという気持ちになった。そのうちバブル経済が弾けて会社は苦しくなり、資金繰りのために、わたしは家を担保に数千万円のお金を貸した。それが焦げ付き、大きな負債を背負うようになった。

それでもなんとか小説を書いていけないかと悩んだ。その頃には注文もこなし切れないほどあった。だが原稿料だけでは、とても返済できるものではなかった。出版社や友人、編集者にも借りて、その場を凌ぎ、なんとかやりくりしていたがいよいよ限界にきていた。バブル経済絶頂の時に買った家は大幅に下落し、売ったとしても多額のローンが残るだけだった。知っている銀行の支店長に相談し、負担を軽くしてもらったがそれでも追いつかない。結局、知り合いの文芸評論家や大学の教員に、カルチャーセンターや非常勤講師を世話してもらい、なんとか生き延びていた。

二、三年、そんな生活が続けていると、熊本の大学の専任講師を紹介してくれる人物がいた。生活に行き詰っているので行く気になっていると、妻は難色を示した。福岡生まれのこちらが単身赴任すると、そのうち帰ってこなくなると心配したのだ。なにか心に引っかかるものがあったのかもしれないが、深く物事を考える性格ではないわたしも、その時は彼女の言葉に従った。

紹介してくれた人には謝ったが、なんだか生活は苦しいのに、自分はあまえているという感情が払拭できなかった。だが次の年に、改めて推薦してくれる人たちがいて、今の大学に勤めるようになったが、振り返ると、ずいぶんと慌ただしい人生で、あっけないものなんだなと思うことがあった。

大学で働くようになると、ようやく一息つけるようになった。その代わり小説の注文は激減した。それに体のあちこちに支障をきたすようになった。これも甘受するしかないが、父親は四十で亡くなったが、今のこちらから見るとこどものような年齢で、どうしてあんなに威厳があったのかと思い出すことがある。わたしのほうが遥かにながく生きているが、いつまで経ってもこどもだ。

そしてその自分の人生も借金に追われ、ちょうどそれがなくなると、あの世に行くのかという気持ちがある。三途の川は、六文を持っていれば誰でも渡れるという。前世で善行を施した者は金銀七宝で造られた橋を渡り、軽い罪を犯した者は浅瀬を渡り、重い罪を犯した者は難関の深瀬を渡ると言われているが、こちらは深瀬を行くしかないだろうが、早世したあの親はどこを渡ったのだろう。

「いかがですか」

ぼんやりと物思いに耽っていると、女性が声をかけた。

「おいしいですよ」

歩いてきたこともあり、コーヒーは心地よい香りに包まれていた。

「それはよろしゅうございました」

女性が別の客に水を差し入れに行くと、わたしは店内が意外と広く、多くの客がいることに気づいた。奥の席から時折笑い声がして、四人の男性たちが旅行のことをしゃべり合っていた。みな六十代の者たちのようだ。

それ以外にも五、六人の客がいたがみなが同じ年格好だ。路地のどん詰まりの店に、年配者たちだけで屯《たむろ》しているのが急におかしくなった。まるで老人ホームではないか、ここは。わたしはそんな気持ちになったが、一人で静かにコーヒーを飲んでいる者もいるし、読書をしている者もいる。暇な男たちが時間を持て余しているような雰囲気だったが、悪い感じではなかった。

「ご年配のお客さんが多いんですね」

「わたしたちが年寄りだから、逆に落ち着くみたいですよ。こちらにはありがたいんですが、休んだりすると、文句を言う人もいるから大変」

女性は声を潜めた。

「なによりじゃありませんか」

「そういうことになりますかしら。こちらもお金をいただいて、生きる張り合いをもらっているんですから」

「一石二鳥ですね」

「本当にそうですよ」

店主が彼女の背後からコーヒーが上がったと言った。女性は、はーい、と明るい声で応じ、カウンターのそばに行った。店内に女性客はいない。陽気にしゃべっている客以外に、一人ずつの男性客が五人いたが、書物や新聞を読んでいる者の他に、腕組みして目を瞑り、なにか思案しているような人物もいた。どうしたのかと見つめていると、短波放送の株価を聞いているようだった。耳でも遠いのか、ボリュームを上げたイヤホーンから微かに声が洩れていた。

木枠の窓の外はまだ降り続けている。小一時間ほどの散歩なら大丈夫だろうと出てきたが、止みそうにもない雨脚だ。鉢やプランターに植えられた花が、雨に打たれて震えている。多分、喜んでいるのだろう。いいなあ、植物は。光と水があれば、勝手に生きていけるんだから。わたしはそんな思いになって、いまだにあくせく働いている自分の人生をまた振り返った。

もうさしてながい時間があるわけではない。生きる希望も強くあるわけではない。知人たちも少しずつ欠け出し、三途の川を渡った者もいるし、渡ろうとしている者もいる。近頃はこの世もあの世に行く通過点のような気もしてくるが、死ねば一切が無だ。残る物はなにもないし、残す物もなにもない。ただ後に続く者の心に多少は棲みつくだけだが、それもその人間が生きている間だけだ。それなのにわたしたちは何者かであろうとしたがる。多くの欲望や煩悩に負け、またそのことによって苦悩する。動植物を日々殺して生き続け、時には旨いと言って喜ぶ。なにも殺さず傷つけず、光と水さえあれば生きていく植物のほうが、本当は気高く清いのではないか。

幸いに紆余曲折があったとしても、わたしはまだ勤めもあるし、やろうとしていることもある。他人から見れば羨ましいと思えることでも、近頃のわたしは少しも愉しくない。なにもかも放り投げて、好き勝手に生きたいという気持ちだが、ではどうするのだと自問すれば、犬が我が身の尻尾を嚙むように、ぐるぐると身を回しているだけだ。なにも結論は出ない。

日々、散歩をしだしたのも、本当のところは、自分が生に対して未練があるようで嫌なのだ。だが妻や家族のために、歩き続けているのだという感情がどこかにある。少しでも人生を引き延ばすことが、亭主の努めのような気もする。そのことを親の世話をしている妻に言うと、当然でしょうと簡単にいなされてしまった。なんだか虚しくないかと訊くと、なんでもそんなものですよ、鬱病なんかになられては困りますからねと言われた。わたしは苦い笑みを浮かべるしかなかったが、思案してもしかたがないことは、考えないほうがいいのだと言う彼女の言葉のほうが正しかったが、また同じことを考えていた。

読書をしていた男性が本を閉じ、眼鏡を外して指先で両目を強く押さえた。視線が合うと頰をゆるめたが、残っていたコーヒーを飲み干してまた本を読み始めた。ずいぶんと熱心に読書をしている人物だなと思い、自分もなにか読みたい気持ちになり、近くのテーブルに置いてある新聞を手にした。

それから老眼鏡を取り出そうと、胸のポケットに手を入れた。しかし老眼鏡はなかった。あれっという気持ちになった。どんなことがあっても持ち歩いているのだ。忘れるはずがない。数年前から仕事をしていると、パソコンの文字がぼやけて読めなくなった。疲れ目だと勝手に解釈し放っていた。いよいよぼけてくると、洗面室で目を洗った。するとまた見えてくるので、やはり疲れ目だと思っていたが、あまりにもながく続くので、検診に行くと白内障に罹り、眼圧も高いと言われた。

さすがにまずいという感情が走り、今では眼圧を抑える点眼液を注して悪化を防いでいるが、白内障はいずれ手術をしなければいけないと言われていた。あれ以来、妻は強く散歩をするように言い出したのだ。

「どうされました？」

わたしが目を細めたり新聞を遠ざけたりして読んでいると、また女性が声をかけてくれた。

「老眼鏡を忘れてしまったみたいで。不自由なので、いつもは決して忘れたことがないんですけどね。シャツを着替えた時に入れるのを忘れたようです」

こちらが言い切らないうちに、相手は新聞が置いてあったテーブルに体を向け、二十センチ四方の木箱を手にして、わたしに差し出した。その行動がどういうことかわからず戸惑っていると、はい、老眼鏡と言った。木箱の中にはびっしりと老眼鏡が入っていた。言葉を失っていると、彼女は、どれでもどうぞと言った。

「ここにくる人が、みんな忘れたものばかりなの」

「いいんですか」

「お困りでしょう」

わたしはええと頷いた。

「どれでもご自由にお使いください」

「取りにこられないんですか」

「たまる一方なんです。みなさん、そのうち姿が見えなくなるんですもの」

こなくなるということは病気なのか、それとも亡くなってしまったということか。こちらがふとそんなことを脳裏に掠めると、女性のほうは先刻承知だというふうに、何年もこられない人ばかりですから、もうお会いできないかもしれませんねと言った。そうか、みんな亡くなった人たちの物なのか。背筋に小さな汗が流れた気がしたが、わたしはその中の一つを手にした。すると彼女は何事もなかったかのように、その木箱を元の位置に戻した。

わたしが手にしたのは縁が鼈甲で高価そうな物だった。すぐにかける気がしなかったが思案してもしょうがないとかけたが、わたしの目とよく合った。視界が急に明るくなり、ぼやけていた新聞の文字がくっきりと浮かんできた。

「どうですか」

「魔法のようですよ」

わたしが冗談気味に言うと、あらあらと相手は陽気に言った。それからよくお似合いですよと付け加えた。眼鏡をかけて新聞を読んでいると、耳のそばで、どうだ、おれの眼鏡は、と老人のしわがれた声が届いてきた。返答しないでいると繰り返し囁いてくる。もう一度その店でかけて、コーヒーを飲みたいのだが、こっちの川に渡ってしまったからなと言っている。

わたしはその眼鏡を戻して別の物を取った。すると今度は、こっちじゃ、コーヒーも飲ませてくれないんだからな、そっちに戻りたいよと言う別の男の声がした。それは勝手な幻聴にすぎなかったが、ここに残っている老眼鏡には、死んだ者たちの未練がまだあるような気がした。

わたしは青ざめぼんやりとしていた。直《じき》に携帯電話が鳴った。

「わたしです」

「ああ」

「どこか具合でも悪いんですか。元気がない気がしますよ」

妻が受話器の向こう側から探るような声で訊いた。

「別に」

「明日は戻ってくるんでしょ？　わたしはおばあちゃんを連れて、リハビリセンターに行きますからね。その連絡なんですけど」

「今、散歩の途中。老眼鏡がいくつもあるお店で、コーヒーを飲んでいるよ」

「大丈夫なんですか」

「なにが？」

「近所のおばあさんみたいに、ぼけたんじゃないんですか」

「まさか」

わたしは明るい声で言った。

「それとももうお酒を飲んでいるんですか」

「それもまさかさ」

「じゃあ、一人で戻ってくるのを、お願いしてもいいですか」

こちらが気にしなくていいと応じると、妻は電話を切った。わたしはもう一度老眼鏡をして、新聞に視線を落とした。今度は死者たちの声は聞こえてこなかった。妻の陽気な声に言葉を失ったのだろうか。なんだか彼らの声が急に聞こえなくなるとつまらない気がして、新聞を読むのをやめた。それから冷めてしまったコーヒーを口に含むと、すでに香りも味も消えていた。

こちらがコーヒーを飲んでいる姿を、読書をしていた男性が見つめていた。視線が合うと、はっきりと相好をくずした。わたしは会釈をして笑みを返した。同じ暇を潰している者同士と思われたようだった。

二人の中を取り持つように、女性がポットに入っているコーヒーを注いでまわった。

「お代りは何杯でも自由なんですよ。どうせ儲けるためにやっているわけではありませんし、儲けたってあの世に持って行けませんしね。それよりも健康が一番」

彼女は陽気に言った。

「あの老眼鏡をかけると、人の声が聞こえてくるんですよ」

わたしがそう言うと、相手は一瞬驚き、やっぱりと応じた。

「この鼈甲の眼鏡をしていた人は、このあたりの大層な土地持ちでしてね、死にたくない、死にたくないと言って亡くなったんですよ」

「おいくつで？」

「あの人だけは若かったの。五十かな。もったいない話でしょう？　でもあの眼鏡のお陰で、夏は冷房費がかからないの。あ、これは嘘、嘘」

相手は愉快そうにしゃべり、そんなことを言うのは、お客さんで二人目だと言った。雨はまだ降っていた。わたしは新聞を畳み席を立った。

「どうぞ、またお寄りください。お年寄りばかりで辛気くさいところですが、仲間になると、案外と愉しいお店なんですよ」

女性はまた立ち寄ってくれることを頼んだ。

「それとあの老眼鏡、お持ちになります？」

「とんでもありません」

わたしは礼を言って勘定を払い、木箱の中で山積みになっている眼鏡たちを見た。もう声は聞こえてこなかった。なんだかそれが残念な気がして、またかけてみたくなったが、今度は女性に、本気におかしいのではないかと疑念を持たれそうな気になって諦めた。戸口に立つと、雨脚は一段と強くなっていた。

「傘をお持ちになりますか」

「大丈夫です」

「濡れてしまいますよ」

変な男だというふうに、女性が背後から言葉を浴びせた。わたしは通りに出た。重い雨がこちらを叩くように降り続けていた。濡れたってどうということはない。むしろ心身を洗い清めてくれるようだ。老眼鏡から聞こえてきた死者たちの幻聴は、なんだか夢の中のできごとのようだ。振り向くと間違いなく喫茶店はあり、そのそばで雨に打たれている花々が、一段と歓喜しているように見えた。よし、今日は部屋まで雨に打たれて戻ろうと決めた。

カプセル男

一泊二千九百八十円。延長一時間五百円。朝食つき。これがカプセルホテル「ムーンライト」の料金だ。JR池袋駅の西口にあり、ぼんやりと歩いていると、見失ってしまうほどの細長い建物だ。坂西健一がそのカプセルホテルを見つけたのは、大学で同僚の堀田二郎と飲み、千葉県の八千代市に戻る最終電車に乗り遅れたからだ。

坂西が住んでいるところは、京葉高速線の八千代緑が丘駅からバスに乗って、さらに二十分近くかかる。妻の澄子の小型乗用車で送り迎えしてもらうが、都心に出た時は酒を飲むことが多く、それでいつも最終電車だ。彼女に悪いという気持ちもあり、居酒屋近くのそのホテルに泊まったのだ。

東村山に住んでいる堀田も一緒だった。もっとも彼の自宅は鷺ノ宮にあって、そこに妻と獣医学部に通う長女と、高校生の長男が暮らしている。つまり家族とは別居中という関係だ。それがどういう理由でそうなったかは知らない。また訊いたとしても、どうなるものでもないので訊かない。

この堀田が坂西と同じ酒好きで、たまに飲むと、終電に間に合わなくなる。それがちょくちょく続き、そのたびに坂西は、池袋界隈のホテルに泊まっていた。すると酒代よりも高くなることがあり、二人でなんとかならないかなどと話し合っていた。

酒が飲めない人には、なかなかに理解してもらえることでもないが、澄子は、そのことに対してはなにも言わない。彼と所帯を持つ時に、父親が、夫のやることに文句を言うなと諭したらしい。坂西は、ありがたい親だと思ってきたが、だからといって正すわけでもない。ただ立派なことを言ってくれたと感謝するのみだが、おかげで酒をやめようと考えたことがない。

ただ長年の酒飲みで、体が変調をきたすようになった。血圧も血糖値も高い。尿酸値、中性脂肪、肝機能の数値も似たようなものだ。以前、馴染みの医者に、血圧、尿酸値、血糖値、それにＩＱの数値も高いので、一度に治す薬はないかと冗談を言ったことがある。

すると同じ酒好きの医者は、ＩＱは歳を取ってきたら、勝手に下がってしまう、もう十分に下がっていると大笑いした。そんな生活をしているからではないだろうが、体力が著しく落ちて、三年前には、駅前のスーパー銭湯に行き、雑菌をもらって肺炎になった。

二日ほど微熱があり、風邪でもひいたのかと思い病院に行くと、年配の医者がすぐに大学病院に連絡して入院させられた。肺機能が芳しくなく、これ以上悪化すると、この世とお別れすると脅かされた。人間は生きている間が人間ですから、死んだら好きなことはできませんよと揶揄された。それで三週間入院し、無事退院することができた。

そして数カ月前、あれほどよかった目が霞むようになり、眼科で検査を受けると、眼圧が高く、緑内障が進んでいると告げられた。やれやれという気持ちだった。もういい年齢になったので、あまり不摂生もできなくなったと感じているが、堀田とだけは飲む。その彼も似たようなもので、血圧、糖尿病、中性脂肪を抑える薬を飲んでいる。

「もう長いことはないかもしれないなあ」

彼は学生時代から飲んでいるホッピーを傾けた。

「あの頃は一杯六十円。今は中が二百五十円で、外が二百八十円。ずいぶんと値上がりしたもんですよ」

「血圧並みに上がっているんじゃないの」

坂西たちはそんな頓馬なことを言って飲んでいた。中というのは焼酎のことで、外というのはホッピーそのもののことだ。

「勤めに出た亭主は、嫌なことを家に持って帰りたくないから、酒場でその厄を落として帰るもんだと、都合のいいことを言って飲んでいましたが、今は待っている女房もいないんですから、逆に淋しいものがありますなあ。あなたはまだ帰る家があるからいい。奥様もなにも言わないし。女房の鏡ですよ」

「曇り硝子かもしれませんよ」

「いいことも悪いことも、すぐに反転しますからねえ。なにがいいことでなにが悪いことか、この頃はさっぱりわからなくなりましたよ」

堀田は給料をみな妻に渡している。二人のこどもの養育費と、住宅ローンの支払いで、手元には一銭も入らない。自分の生活費は、二つの大学の非常勤講師の手当でまかなっている。それでも酒は毎日飲む。彼もこの数年で二度倒れて検査をしたが、異常は見つけられなかった。それも坂西と一緒で、病気自慢をしながら飲んでいる。

「もうすぐわたしのようになるんじゃないですか」

堀田は坂西の顔を見てからかう。堀田はマンションに戻っても、待つ者がいない。それに次の日に、また出てくることを考えれば億劫になる。帰って出てくるとなると、よけいな時間はかかる。そんなことを思案すると、泊まったほうが疲れも取れる。時間的なロスも減る。

それで二人で泊まったのが、「ムーンライト」だ。十階建てのカプセルホテルは、地下一階にフロントがあり、一階が二十四時間営業の酒場兼食堂。二階から五階までは普通のホテルで、六階から九階がカプセルホテルになっている。十階に大きな浴場とサウナ、それに垢擦り、マッサージの個室がある。寝巻きに着替えて、狭い空間に入って眠るのだが、カプセルは上下二段で、ちょうど蜂の巣のような格好になっている。窮屈だが脚も伸ばせる。寝返りも打てる。閉所恐怖症の人間には圧迫感があるかもしれないが、酔って眠るだけの彼らには問題はない。

お互いに酒代で日々の出費が嵩むので、安価な泊まり先を見つけたと喜んでいると、さらにびっくりさせられることがあった。朝起きて浴槽に浸かり、腰にジャグジーを当てて一息つくと、昨晩のアルコールもどこかにすっ飛んだ。着替えてホテルを出ようとした時に、女性に、食事は一階だと教えられた。どういうことかと訊ねると、夜に、食事券を渡すのを忘れたと言われた。それはいいと一階に行くと、帰りそびれた男たちや、出張で泊まった会社員たちが朝飯を摂っていた。食事はバイキング形式で、ご飯とみそ汁、小魚と煮物、それに納豆やお新香、ポテトサラダや唐揚げなどが並べられていた。別のコーナーにはパンやゆで卵も添えられている。

「どういうこと?」

湯上りでまだ顔がほてっている堀田が訊いた。坂西が首を傾げた。

「本当にあの金額でいいのかなあ」

堀田の顔はすでに綻んでいる。

「あの人がわざわざ言ってくれたんだから」

「不景気というのは、案外といいのかもしれないなあ」

堀田は朝と昼は食費のかからない生活をしている。夜の酒代を確保するためだ。妻のいる坂西はそこまですることはないが、似たり寄ったりの生活だ。全身が成人病の巣で、三食をしっかりと食べると、カロリーオーバーになる。すでに腹は出ている。堀田も同じだ。それで居酒屋の店主に、兄弟かと言われたこともある。おれたちにはおれたちの悩みがあるのになあ。日々の酒が精神安定剤になっているのも、わからないのかなあ。堀田は自分への揶揄も酒の肴にして飲む。愉快な酒なので、二人で飲んでいても飽きない。

その日も池袋で待ち合わせをし、安い酒場で飲んだ。お互いに帰りたくないという気持ちがあり、だらしなく飲んでいると、例によって最終電車に乗り遅れた。そうなるのは当然のことで、また乗り遅れましたなと笑ったが、もう以前のようにどうしようかと悩むことはない。何時に行っても、カプセルホテルは空いているのだ。じゃあ、もう一軒寄りますかということになり、ホテルの近くの台湾料理店に入った。

店は混んでいたが一卓だけ空いていて、運がいいですなあなどと言って紹興酒を飲んだ。周りの客は仕事が終わった若いホステスと客しかおらず、男性客二人というのは彼らしかいなかった。もう何度も話したことを繰り返しながら飲んでいると、一番奥にいた女性が、あら、先生と声を上げた。

二人はぎょっとして、声のするほうに顔を向けた。ドレスを着て、付け睫毛をした長身の若い女性が、真っ赤な口紅を塗った口元を広げていた。その女性が人懐こい顔で笑いかけている。坂西には見覚えがなく、堀田の知り合いだろうと思った。それに酒場ではみんな先生や社長と呼ばれている。

「どうしてこんなところで飲んでいるんですか」

二人が黙っていると、その女性がそばにやってきた。野太い声で喉仏が上下している。近くに寄ってくると、相手が男性だとわかった。

「なんだ、きみかあ」

相手の男性は、二、三年前の卒業生だった。堀田もそのことに気づき、二人で顔を見合わせた。

「お店が終わったので、お客さんと食事をしているところなの」

相手は坂西たちが知っている頃よりも肥り、瞼も分厚くなっていた。目の前にいる男性が、自分たちの教え子だとは思いにくかった。

「なにをやっておられるんですか、こんなところで」

「ちょっと飲んでいただけ」

「遅いのに？」

坂西はもう電車なんかないだろ、と言われている気がして返答に詰まった。

「いつも酔っているんですか。授業中も飲んでやっているんでしょ？」

相手は坂西の秘密を知っているぞ、というふうに上目遣いに見つめた。堀田も彼も、一度としてそんなことをやったことはないが、どうやら学生の間では広がっているらしい。こちらが困るわけではないのでうっちゃっているが、酒好きだから話に尾鰭がついたのか。

「それは作り話だなあ」

「違うんですか」

「一年分の酒代を賭けてもいいね」

坂西は目の前にいる酔った女装の男性と、彼の昔のことを思い出して比べたが、どうしても頭の中に断層があるようでつながらない。もっと無口でおとなしかったはずだ。それに美男子でスタイルもよく、目立たなかったが、学生の間では人気があった。卒業後も保険会社に就職したはずだ。だがこの変貌はどうしたことか。

「山川涼太ですけど、覚えていますよね」

坂西が返答すると、相手は嬉しいと胸で両手を合わせた。坂西はどういう応対をしていいかわからず、堀田に視線を投げた。相手も苦笑したが、なにも言わなかった。二人の間に、妙なところで会ってしまったという気まずさが芽生えていた。

「仲がいいんですね。お二人は」

「まあね」

堀田がまたにやついた。すっかり酔いが逃げて、赤かった頰が青白くなっている。照明のせいかと思ったが、そうではなかった。

「少しも知らなかったわ」

「それも、まあだね」

「いいなあ」

山川は朗らかな口調で言った。学生時代を懐かしんでいるようでもあった。

「わたしね、就職したでしょう？　そこで好きな人ができて、強引に関係を持たされちゃったんです。するとこどもができて、責任を取らされて結婚したんですよ。そうしたら相手の母親がいつも訪ねてきて、家探しをするんです。簞笥の奥まで調べるの。なんとかしてくれと頼んでも、嫁さんは母親の味方ばかり。それで別れてしまったんです」

相手は一方的にしゃべった。二人は黙っていた。坂西はせっかく堀田と愉しい話をしていたのにという感情が走り、疎ましさを覚えていた。

「わたしも悪いの。先にこどもができてしまって、結婚するなんて思いもしなかった。押し流されてしまったし、元々わたしは、女性よりも男性のほうが好きなんですから」

「そりゃあ、きみが悪い」

酔っている堀田が急に声を上げると、店の客の声が鎮まった。

「ですよね」

山川のドレスの胸元からは、乳房の深い谷間が覗き、陽気にしゃべっている相手からは、当時の面影はどこにも感じられなかった。坂西が呆然としていると、相手も彼の心の動きを察知したのか、変わったでしょと流し目をつくった。

「出て行くなら、こどもは置いて行け、会うのも許さないと言われ、今でも揉めているの」

「こどもなんかまたつくればいいじゃないか」

堀田が慰めるように言い放った。

「それもそうなんですけど、かわいくて、かわいくて」

「一緒だとこんな仕事だってできない。どうして生活するのさ。夫婦なんて、いいことばかりじゃない、むしろその逆のほうが多い。そうですよね」

堀田は坂西に同意を求めた。坂西には、彼が、今の自分の環境を顧みて話していることはすぐにわかったが、どう応えていいかためらうものがあった。

「まあ、なんとかなるよ」

坂西は同情すれば湿っぽくなると思い、はぐらかすように言った。こちらだって明日には倒れるかもしれないし、突然この世から消えてしまわないとも限らない。すでに何人かの同級生も鬼籍に入っている。人生なんてあっけないものだ。今ではどんな生き方をしたところで、大差はないと考えるようになった。それに山川涼太は、自分たちが知らない世界で、すでに生きているではないか。

「なりますかあ」

「なるさ」

「どうしてわかるんですか」

涼太は酔っていてくどく、食い下がる。

「きみだって変わった。ぼくらだって変わるさ」

「期待すると失望する。明日はどうなるかわからない」

涼太は元の席に戻ろうとせず、彼らのそばを離れない。それから自分の置かれた環境を話し続けていたが、二人は聞き流すしか方法はなかった。同情したとしても、助けられるものでもない。波風の立たない人生なんか、あるはずがない。それをどう処理して生きるかが問題なのだ。

「ストレス太りで、こんなになっちゃったんですよ」

「ぼくらもだ」

「二人ともパンダみたい」

「あんなにはかわいくないだろ」

堀田が喜んだ。

「獰猛なんでしょ？」

堀田と坂西は自分たちのことを尋ねられた気がして、顔を見合わせた。

「そんなはずはないよ」

「もういい歳だし」

坂西はそう答えて、近頃は先々のことよりも、遠い昔のことをよく思い出すなと思った。あっという間の人生だったが、恥ずかしかったことや人に言えないことでも、最近はいい思い出に見えてくる。ものの見方や考え方一つで、心の面持ちも変わってくる気がする。若い時分には思い込みだけで生きていたところもあるが、歳を重ねてくると、そんなにじたばたしなくても、生きられることがわかってきた。目の前にいる山川涼太も、もう少し思い詰めることなく暮らしていれば、また別の生活があったのではないか。しかしそのことも自分の思い込みではないかという気もして、黙っていた。

結局、その晩は、一緒にきた客が先に帰っても、山川涼太は席から離れず、遅くまで飲むことになった。つまらなかった大学が、卒業すると急に懐かしくなってくるのだから、不思議だなどとしゃべり続けていた。それでいよいよ眠らなければならない時間になると、涼太はカプセルホテルまでついてきた。

「ここに泊まっているんだ。わたしもよく泊まるんですよぉ」

山川涼太は二人に向って、羨ましそうな声を上げた。それから顔馴染みの受付の男性に、お世話になったからと言って、彼らの宿泊代を支払おうとしてくれた。二人は慌てて断ったが、ポケットにはいつの間にか、彼女の名刺が入っていた。名前は涼子となっていた。

「みんな大変ですなあ。世の中はうまくいくほうが、おかしい気もしますな。みんなあやふやな生き方をしているように見えますし、ちょっと気を弛めると、崖から落ちてしまいそうな人生じゃないですか」

「神社やお寺によく橋があるじゃないですか。あれは三途の川を見立てているらしいですよ。善人は金銀七宝で造られた橋を、軽い罪人は川の浅瀬を、重い罪人は深瀬を行き、あの世に行くということらしいです。みんな罪深いことをしていますから、堀田さんもわたしも深瀬を歩き、閻魔や餓鬼たちの餌食になるというわけですよ」

「じゃあ、もっと気楽に考えましょうよ」

二人はカプセルホテルで缶ビールを買い、今起きたことを思い出しながらまた飲んだ。もうさしたる欲もない。健康が一番だと言いながら、実際は、体にいいことはなにもやっていない。陽が暮れれば飲み、かろうじて明日につなげているという生活だ。こうしてまだ働いているのも、住宅ローンの返済があるからだし、日々を生きるために働いているだけだ。本当はなにもしないで、好き勝手に生きたいのだが、それはままならない。結局は、思うように生きられないのが人生だという気もするが、そうできる人間がいるのかという感情もある。

「やっぱりなるようにしか、ならないということですかな」

堀田がいつもの言葉を呟いて、二人は狭いカプセルの中に潜った。直《じき》に堀田の高鼾が聞こえてきて、なんだか大きな動物の声みたいだなと感じていると、彼も眠った。

そして二日後、坂西は勤め先に、ある女性から電話をもらった。名前を聞いても心当たりがなかったが、相手はよく彼のことを知っていた。

「どういうご用件でしょうか」

「会ってお話をしたいのですが」

「電話では事足りないんですか」

坂西は妙な電話だと思い、できれば会いたくなかった。それでも相手が、どこにでも訪ねて行くというので、大学の近くの喫茶店で待ち合わせをした。そこに行くと、若い女性が一人で待っていた。髪のながい女性だったが、気易く笑顔を見せる雰囲気に、彼は逆に警戒心を抱いた。

「はじめまして」

相手は吉本と名乗ったが見覚えがなかった。彼が椅子に座ると、女性は大学や街の話をしたり、近頃の学生の生活を訊いたりした。坂西は目の前に現れた三十すぎの女性が、どういう人間かはかりかねていた。

「会議がありますので、手短にお願いできますか」

まったく見当がつかない彼は、腕時計に視線を落としながら、わざと忙しいのだという素振りを見せた。

「堀田さんというお方をご存じですよね」

「もちろん」

「それではお話が早いですわ」

吉本はバッグから紙袋を出した。それから何枚かの写真を取り出し、坂西の反応を見定めるように、じっと尖った視線を投げていた。写真は、山川涼太と三人でカプセルホテルに入って行く時のものだった。

「堀田さんとはどういうご関係なんですか」

「同僚ですが」

「それだけですか」

吉本は訝しそうな目を向けて、意味ありげに口元を弛ませた。

「この不景気で、みなさん生活も大変です。実は、わたしもそうなんですよ」

突然、相手は、なんの脈絡もない話をした。彼が戸惑っているとまた質問をした。

「この女性の方とは、どういうご関係ですか」

「以前の教え子ですが」

坂西は吉本の遠回しの言い方に、だんだんと不愉快になってきた。

「このホテルがどういうホテルか、ご存じですよね」

吉本は写真をもう一度突き出した。大きく映し出された写真には、三人で入ったものが数枚あった。遠影に写されたのには、ホテルという文字が明るく光っていた。

「お二人はよく泊まられていますよね」

「それがどうかしたんですか」

坂西は、相手の煮え切らない応対についぶっきらぼうになった。

「つまり男同士の関係ですよね」

「そうですよ」

彼が同意すると、吉本はほっとして、瘦せた頰に笑みを滲ませた。

「お二人の調査を依頼された方がおられます。それでわたしが調査したのですが、そのご報告を、まず先にさせていただこうと思っているのです」

「妻が依頼したのですか」

彼はまさかという気持ちになった。

「違います」

「じゃあ、ぼくには関係ないでしょう」

「堀田さんとの関係がばれてもいいのですか」

「どんな関係ですか」

「こういうホテルに行かれているじゃないですか」

吉本は語調を強めたが、坂西は要領を得なかった。黙っていると、相手は、二人が泊まっているホテルは、男同士がよく行くところだと教えてくれた。彼はそう言われてみて、エレベーターの中には、男の二人連れが多かったなと思い出した。それをカプセルホテルが併設されているからだと疑いもしなかったが、五階から上と下では客筋が違うのだと気づかされた。

「この写真はご依頼の方にお見せしないほうが、よくはありません？　堀田様に先にお見せしてもよかったのですが、ご家族とのこともありますので、まずあなた様にお伺いを立てようと思いまして。わたしの気持ちがおわかりになるでしょ？　なにもなかったことにされるのが、みなさん一番いいことですし、ご依頼主も安心されるんじゃないでしょうか」

坂西はそこまで聞いて、相手がようやくなにを言っているのか合点がいった。その勘違いがおもしろかった。もっともあれだけ一緒にいて、いつも飲んでいる姿をみれば、無理もないかという気持ちにもなった。

「それでどうすればいいんですか」

「この写真を引き取っていただくと、なにもかもうまくいくのじゃございません？」

相手は黙っているから、買い取れということだった。

「そういうことはしたくない」

「ご家族がお困りになるでしょう？」

「別にそんなことはないですよ」

今度は相手のほうが困惑していた。

「よろしいんですか」

「秘密にされなくてもいいですよ」

「堀田さんもですか」

「だと思いますけど」

坂西が言い切ると、相手は下唇を噛んだ。

「このことは堀田さんに言われて当然ですが、ぼくのほうもあなたの会社に、連絡をさせてもらってもいいですか」

坂西は静かな口調で言ったが、切り返してやりたい気持ちにもなった。

「それは困ります」

吉本は顔を曇らせた。それから逆に、このことは内密にしてくれと頼んできた。彼が承諾すると、相手は、本当にそんな関係ではないのかと問い返した。まったくの勘違いだと言うと、自分は夫と離婚をし、一人息子がいて、なおかつ住宅ローンの支払いに追われているのだと言った。坂西は、その言葉が、自分の立場とよく似ている気がしたし、先日、泣きながら息子を育てたいと訴えた、山川涼太の姿にも似ている気がした。つい同情したい気持ちも湧いた。それでも逆に犯罪になりますよと言うと、吉本ははじめてのことで、動揺しているのだと目を伏せた。

それで二人は別れたが、坂西は気分がよかった。依頼主は堀田の妻だ。彼がまだ愛想を尽かされていないと感じたからだ。いずれ堀田は元の家に戻れるのではないか。だがこのことは誰にも言うまい、堀田にも秘密にしておこうと思った。そして勤め先に戻ろうとしていると、つま楊枝を口に当て、歩道を渡ろうとしている堀田の姿を目にした。

「どこに行っていたんですか」

「ちょっと、頭を冷やしに。あなたは？」

「わたしは二百七十円のカレーを食べに。なにせ夜の酒代づくりが、大変ですからね」

堀田はもっこりと出た腹を叩いた。

「それじゃあ、今日も」

「では、あとで」

二人は校舎の前で別れたが、今し方の探偵社の女性は、今度妻に会えば、堀田に不利になることは言わないはずだ。それにまだ妻は気にしてくれているではないか。ただ男二人で飲んでいるだけだとわかれば、坂西は、堀田が家族の許へ戻れる日は近いのではないかと思った。すると夜に飲む酒が、一段と旨くなるような気がしてきて、苦笑いをしてしまった。

あぶさんの雪

焼き鳥屋「あぶさん」にくる堀越先生は、いつも通りに面した場所で飲んでいる。わたしがはじめてアルバイトをした日、彼は特大のホッピーを飲んでいた。その飲み物は戦後のまだ貧しい時代に、ビールの代用品としてつくられたものらしいが、この店では一番の売れ筋だ。もっともそう教えられても、わたしには遠い昔のことだからよくわからない。そんなものがあると知ったのも、アルバイトをやりだしてからのことだ。

向かいには中華屋と二階建ての教会があるが、店のほうはもう何カ月も閉まっている。中華屋がずっとシャッターが下りているのは、年輩者の夫婦のどちらかが病気をしたからのようだ。教会のほうも日曜日以外は人の出入りは少ない。

先生はホッピーを二杯飲むと勘定をする。黙って釣り銭をもらうだけで、わたしが教え子だということにも気づいていない。もっともこちらも彼のゼミナールの学生でもないし、学科も違う。授業はなかなかの人気で、早めに授業が終わる時には、神様の思し召しがありますようにと言って打ち切る。

それでてっきり教会に用事があるものだと思い込んでいたが、一度として中に入ったことがない。変な先生。それがわたしの持った印象だった。実際、大学でも人と話をしていたのを見たことがない。そのくせ授業はユーモアがあり、学生たちを和ませている。いったいいつからここで飲んでいるのだろう。

そのことを店長に訊くと、さあ、と小首を傾げ、自分が気づいた時には、ああして飲んでいたのだと言った。幽霊みたい。わたしが苦笑すると、注文以外一言もしゃべらないのだから、そんなもんかもしれないと同じように笑った。

先生は必ず開店早々にやってくる。わたしの視線が届いていても、自分には関係ないという様子で、客がたくさんくる五時前には席を立ってしまう。どうやら人混みがきらいらしい。

勘定をすませ、通りを歩く後ろ姿を見ていると、なんだか淋しさが漂っていて、妙に胸が締めつけられる。学生たちの後ろ姿と違い、生き生きとしていないのだ。ひょっとしたら、ずっと独身ではないのかという疑念が浮かぶ。お酒だって家に戻って飲めばいいではないか。

しかしそのことはすぐに打ち消した。いつも小綺麗な身なりをしているのだ。ワイシャツも糊がきいているし、ズボンだってしっかりとアイロンがかけられている。独り者ではあるはずがない。

昨日もわたしが授業を終えてやってくると、すでに席に座っていて、いつものように飲んでいた。思い切って、いらっしゃいませと声をかけると、小さく会釈を返しただけだった。本当に変な先生。わたしは後ろを向いた隙に頰を膨らませてしまった。

その日の彼は普段よりも表情がすぐれなかった。なにか悩みでもあるのか飲む速度も遅く、ただ口に含んで、お腹の中に流し込んでいるという感じだった。おいしそうに味わっていない気がしたのだ。

「お具合でもよくないんですか」

お酒を飲んでいる人に失礼な声かけだという気がしたが、つい訊いてしまった。眼鏡をかけていた彼は、それをゆっくりと取り見つめ返した。

「そう見えますか」

「なんとなく」

「どうなんだろうなあ。三月にもなって雪が降っているからかなあ。珍しいでしょう?」

先生は頼りなげに舞っている雪を見て、はじめて弱い笑みを目元に浮かべた。やはりわたしのことは知らないのだ。雪は濡れた地面に落ちるとすぐに溶けた。

「お元気ならそれでいいんです」

「大丈夫。こうして飲めているから」

話はそれでおしまいで、後はなにも声をかけることができなかった。それでもその日は、勘定をする時に御馳走様と言葉をかけてくれた。一瞬心がやわらいだのは、今まで一言も言葉を交わすことがなかった人が、お礼を言ってくれたからだろう。

こちらもありがとうございましたと応じると、先生は照れるように通りに出て、雪の中を歩いた。大学での彼は知識をひけらかすわけではない。自慢をするわけでもない。静かな口調で、自分が研究してきたことを淡々と伝えているという様子なのだ。

学生の私語が聞こえると、講義を中断して、窓際から江古田の町を見下ろしている。五階にある教室からは、新宿の高層ビルや小さな富士山も見える。涼しい風も侵入してきて気持ちがいい。

一度だけ私語をしていた学生に向かって、なぜそれがいけないかと説明しだしたことがある。わたしが通っている芸術系の大学は、年間の授業料が百六十万以上になる。入学金、設備費などを入れると、四年間で七百万近くかかる。その上、大学は休みが多く、年間に受講できる回数は二十二、三回しかない。一年間で十科目取得するとしたら、一講義がだいたい七千円前後になる。そんなアルバイトはどこにもない。ましてわたしたちは言葉を頼りに生きている。その言葉一つで、人生が変わることはいくらでもあるし。だからおしゃべりは人の言葉を奪ってしまうのでよくないと言われた。

それから眠るのは自分のお金で眠るのだからいいが、私語と鼾は、他人の言葉を奪うからよくないと言われた。そして最後に、大人が懸命に働いて税金を払い、その一部が助成金として大学に使われている、それがどうしてかと訊き返されたが、答えられる者は誰もいなかった。すると、それは国家の源になるのが人材だからと教えてくれた。

その話を聞いて教室は静まり返った。彼の言うことはもっともな話で、姉妹が三人もいるわたしの家も大変だから、アルバイトをやっているのだ。数字で示されると改めて驚かされたが、助成金も含めると、授業料はとてつもなく高いのだ。

店にいる彼は静かに飲んでいる。羽目を外すということもない。教会や通りを歩く人をながめているだけだが、なにか思惑でもあるのだろうか。あるとすればなんなのだろうか。

「手帳を忘れていませんでしたかな」

その日、店を出た先生がまた戻ってきて、申し訳なさそうに訊いた。わたしは探したが、どこにもなかった。まだ五分も経っていないし、その後、誰も座っていないのだ。あればすぐに見つかるはずだ。

「見当たりませんけど」

「ちょっと困ったな」

きっといろんなことが書き込まれていて、その手帳を頼りにしているのだろう。少し可哀想な気がしたが、どうすることもできない。そのうちどこかから出てくると思い直し仕事に専念したが、手帳のことが気になってしかたがなかった。

そして次にきた時に思わず訊くと、この鞄の中に入れていましたよと恥ずかしそうに報告した。

「いつも胸のポケットに入れているんですがね。どうしてここに入れたりしたんだろ。鞄に入れる癖がないから、まったく気づかなかった」

はにかむような先生の笑みは、こちらの心まで豊かにしてくれた。それからどうして素敵なのかと思案したが、きっと彼にはインテリの照れというものがあるからだと気づいた。

世の中には知識や学問のある人はいくらでもいる。そういう人たちが自慢したり、知識をひけらかしたりするのは鼻持ちならない。含羞のない人はなんだか威張っているようで、好感が持てない。

もっともそれは浅薄なわたしの思いつきだが、以前そのことを女友達に話すと、声を上げて笑われた。

今時の大学の先生にそんな人がいると思う？　それに彼らは世間を知らないから、自己中心だと言う人間もいるんじゃないかと切り返された。

彼女が言うこともっともな気がしたが、先生がいいなあと感じたのも、彼のはにかむような笑顔がいいからだ。それから意識した自分がおかしくて、一人でにやついた。店長にどうした、気持ち悪いぞとからかわれた時、わたしは頬が火照っていることに驚いた。

「もし、よかったらどうかな」

先生は鞄から取り出した封筒を渡した。

「ぼくは興味がなくてね。もしあなたが行かなければ誰かにどうぞ」

わたしがなんだろうと思案していると、封筒からチケットを取り出した。それは西洋絵画のチケットでパンフレットも入っていた。

「ちょっと押しつけがましいかな」

先生は迷惑をかけていると感じているようだった。それに彼の言っていることは当たっていた。わたしにはなんの知識もなかった。だから言われるように興味もなかった。

「キリスト教徒なんですか」

わたしは動揺してつい言ってしまった。先生は穏やかな表情を向けた。わたしは当てずっぽうで言ったことが逆に当たって、よけいに戸惑った。

「それでいつも前の教会を見ておられたんですよね。誰か知り合いの方がおられるんでしょう？　よけいなことを訊いてごめんなさい」

「ここはプロテスタントの教会。ぼくはカトリック」

「じゃあ、お知り合いはいないんですか」

「全然」

先生は白い歯並みを見せた。義歯だろうか、はぐらかすように質問したのは自分のほうなのに、ふとわたしはそんなことを考えてしまった。きっと彼のことが気になってしかたがなかったのだ。しかしやはり先生はキリスト教徒だった。だから授業が早く終わる時に、あんな言葉を言っていたのだ。

「行ってみます」

「それは嬉しいけど、無理をしないで」

先生はカトリック教徒だが、教会にも出かけないしお祈りもしないと言った。それでもなんだか信心していると笑った。世の中は理解できないことばかりだから、その中心に神様を置いて、難しいことや判断できないことはみな神様のせいにして、さもわかったようなふりをして生きるのが人間だと言った。わたしはおもしろいことを言う人だなと感じたが、そのことに応えられるほどの知識もなかったので黙っていた。

「人間の気持ちほどわからないものはないからねえ。また知ったところで大したことはないですよ」

なんだか問答のような気がしたが、そうなのかなという気持ちにもなった。わたしの気分だっていつもころころと変わる。愉快だと思っていたことも、すぐにつまらないことに変わるし、喜んでいたことが怒りや哀しみに変わることだってある。自分の心が摑めないのだ。先生の言っていることは、本当のことなのかもしれない。

「いやいや失敬。若いあなたに夢も希望もないことを話してしまって」

わたしは悪い気分ではなかった。それにいろいろなことを思案しているから、ぼんやりとしているのだなという気になった。

「わたしもそんな気がします」

先生は一瞬驚いた顔つきをして見つめ返した。深く考えず、ただそう言っただけだが、彼の反応が強かったのでこちらのほうが驚いた。

「人間なんて自分の思い込みだけで生きている気がしますよ。わたしだってそうです」

先生はいつものように二杯だけ飲んで店を出たが、きっと自己管理ができる人なのだと思い直すと、なんだか強固な自分の世界を持っているようで、羨ましくなった。

わたしはもらったチケットのことは忘れていなかったが、行く機会も得ず、ようやく最終日に出かけた。四月の空は晴れていた。上野公園では人々がゆっくりと散策し、のどかな季節を甘受していた。

混んだ美術館を出た後に、さてどうしようかと迷った。いい日よりだ。まっすぐ帰宅する気にもなれない。喫茶店や映画を見て暇をつぶすのももったいない。それで噴水前のベンチに座ってぼんやりとしていた。時折水しぶきが上がり、それが陽射しに照らされて虹をつくっている。あたりの木々は新緑を増し、心地いい風も流れていて、わたしの心まで解放されていた。

寄ってきた鳩たちをながめ、穏やかな時間の中に身を沈めるようにしていると、突然、鳩たちが飛び立った。なんだろうと視線を上げると、反対側のベンチにいる男性がポップコーンを撒いていた。鳩はそれを目当てに集まり、気忙しくつついていた。人がせっかく楽しんでいたのに。わたしは頬を膨らませて遠くの男性を見た。

噴き上げた噴水の水しぶきで、一瞬相手が見えなくなったが、薄い水色のジャンパーを着た男性に見覚えがあった。先生だ。わたしは急に頬が紅潮するのを覚えた。彼は餌をつつく鳩たちには関心がないのか、時々思い出したように餌をばらまいているだけで、なにも見ていない様子だった。周りの風景も目に入らないという感じで、その姿は「あぶさん」で、一人でお酒を飲んでいる時の雰囲気と一緒だった。

あの先生はどこにいても自分の世界に入ってしまう。手元にお酒があれば、いつもの姿ではないか。わたしが見つめていると、眼鏡を外して指先で目頭を押さえた。そしてこちらのほうに視線を向けたが、わたしの姿は目に入っていなかった。

しかたなくそばに行き、黙って立っても気づかなかった。それで先生と声をかけても怪訝な表情を向けただけだった。

「どちらさんでした?」

わたしは下唇を突き出して拗ねた。

「覚えていないんですか」

「学生さん?」

「そうです。あぶさんの」

ああ、と先生は声を上げた。

「それにチケットもいただいたからきたんですよ」

先生はそのことも忘れていた。なんだかやってきて損をした気持ちになった。それでもゆったりとした気分になれたし、こうして先生とも会えたので、まあ、いいかと考え直した。

「見られたんですか」

「ああいう宗教画は苦手でね」

じゃあ、なぜここにいるのだろうと思った。

「どうしてですか」

「ほら、写実主義のものばかりでしょ。もっと内面が描かれているようなもののほうが、好きなんですよ」

先生が丁寧な言葉でしゃべるので、かえってどぎまぎした。

「おかしな先生」

「美しく見えるものは、どこかに胡散臭いものがあるような気がしない? 無理しているようで」

美しいものは美しいものとして見ればいいじゃないかという気がしたが、もっと深い意味合いがあるのかと口を噤んでいると、もうそれきりなにも話さなかった。多分、わたしにしゃべっているのではなく、自分に問いかけて、もう完結しているのだ。

「でもせっかくこられていたんだから、見られるとよかったのに」

「本当にそうだ」

「ここでなにをされていたんですか」

「近くで知り合いの先生のコンサートがあったので、その帰り道」

元々絵画には興味がなく、それで人に渡してもいいからとくれたが、もうすっかり忘れていたのだ。それをわたしが義理堅くきたというだけのことだ。

「でもあなたが行くとは思わなかった」

絵画はルネサンス時代の宗教画ばかりだったが、一つ一つ説明文章を読みながらまわると、知らない世界だったので案外と知識にもなった。

「それは嬉しい」

わたしがそのことを告げると、彼は喜んでくれた。それでもこちらが同じ大学の学生だということも判然としない様子だった。わたしのほうも悪戯な気持ちが湧いてきて、それならそのつもりで接しようと決めた。

「どうしてキリスト教徒なのに、あの美術館の絵が好きじゃないんです？」

「カトリックにもいろいろありましてね。イエズス会とかドミニコ会とか。ぼくはそのドミニコ会だけど、のみにいこ会。つまり飲みに行こう会。それでいつも飲んでいるの」

先生は自分の冗談が気に入ったのか、目元に笑みをためた。本当に変な先生。わたしもつられて苦笑いをした。

「カトリックの洗礼を受けていますが、自分がそうなのか疑わしいものがあるかな。若い時分とは違って疑ってばかりいますよ。なんでも」

なにに対してそんな気持ちになるのだろう。わたしは深く物事を考えて生きたことがない。目的もなく、ただ日々に流されて生きているだけだ。あるとしたらなんとか就職して、苦労をかけている母を楽にさせてやりたいということだけだ。それは生きているということになるのだろうか。

「たとえばどんなことを考えられるんですか」

わたしと違い、難しいことを研究して生きているのだろう。

「本当は考えても考えなくても、なんの違いもない気がしますけどね」

じゃあ、どうしてという気持ちにもなったが、訊いたところでわからないので黙っていた。

「母親が五歳の時に死にましてね。父親は肺炎を患って三歳の時でした。抑留されていたシベリアから戻って、彼女と結婚して、わたしが生まれたんですが、これからという時に亡くなったのですから、運のなかった人のような気がします。それで親戚も少なかったから、はじめは伯父の家、それから母方の叔父の家で生きてきたんだけど、小学校の高学年になると、自分から教会の孤児院に入ると言いました。彼らにはよくしてもらったし、同じ年頃の従兄弟たちとも、仲良く育ててもらったのですが、なんだかちょっとしたことで疎外感を味わうんだよね。それなら一人で生きていこうと、六年生になると自分から孤児院に行きましたよ。叔父たちは大反対しましたね。田舎だから世間体が悪いと言うわけです」

先生はそこでわたしの反応を確かめるように見つめた。なんだか淋しそうな目をしていた。いつもそう感じていたのは、きっとこんなことがあったからだろうか。わたしは返答する言葉を持っていなかった。むしろ動揺して言葉を返すことができなかったのだ。

「新潟市内の外れで、日本海がすぐのところでした。天気がいい日には佐渡が見えるんです。そこで中学、高校と過ごしました。仲間たちとよく喧嘩もしたし、自分よりももっと不幸な人がいるということも知りました」

わたしはまた戸惑った。両親のいない子よりも、もっと不幸な人がいるのかと思ったからだ。そういう人はいったいどんな人なんだろう。

「秋から冬にかけて、ずっと雪が降るんですよ。思い出すのはそのことばかり。海に降る雪を見ていると、最後は自分が雪なのではないかと感じて、なんとも言えないほど淋しくなった。でもそれを知っただけでもよかったかもしれない。きっと雪も人間も一緒。人間だけ特別だと思っているんだよね、ぼくたちは。

そして孤児院では本ばかり読んでいた。きっとなにもかもが煩わしかったんだよね。人から逃げるようにして読んでいたもの。知識がついて、おかげで勉強も多少はできたから、孤児院育ちでも虐められなかった。そのうち無性に上級学校に行きたくなってね。なんとか自分で行く方法はないかと思案したし、保護司さんたちにも訊いた。そうしたら修道士になると、学校に行けることがわかった。ぼくは迷わず信者になった。東京に出てきて学校に行った。元々施設にいたからその下地はあったし、そんなに強い抵抗もなかった」

「それで勉強をしたんですか」

「はじめは神学。それから哲学。熱病にかかったように書物に親しんだかな。神学をやるにはラテン語もヘブライ語も必要だもの」

「そんなにできるんですか」

わたしはよくわからないが訊いた。

「あの時の雪のように、覚えたことが体の中に染み込んでいく気がした。ぼくの体が海になっていたんだよ。つらかったことも哀しかったことも、時間が経つと、みんないい思い出に変わってしまう」

それから哲学を専攻して大学の教師になり、今の大学には二十年前にきたのだと言った。普段はどんな生活をしているかまったくわからなかったが、彼が物思いに耽っているのは、自分の人生のことを考えているからだと思った。しかし話を聞いていると、先生の生き方は恵まれているような気がした。

自分の意志でなにもかもやってきたのだ。多少の後悔の念があったとしても、それは誰でもあることではないのか。わたしにだってたくさんあるし、人に言えない秘密だってある。それを抱えて生きるのが人生ではないのか。つい生意気なことを思案してしまったが、それが本当のことなのかどうかわからない。

「後悔されているんですか」

「どうだろ?」

「そんなことないですよね」

「歳を取ると振り返ることばかり。思い出の中でしか、生きられないような気がしてきましたな」

先生は力のない乾いた声を上げた。わたしたちは押し黙ったまま公園の風景をながめた。鳩は餌をばらまかれたところに飛び立ち、広場では太極拳の練習をやっている者もいる。大きな画材を持って通りすぎる学生もいた。それらの一つ一つの光景が目の中を行き来していたが、風が吹くと、満開をすぎた桜の花びらが舞った。

すると今し方の先生の言葉が思い出されてきて、わたしも自分が雪のようになって溶けていく気がした。それから急にわけもなく淋しさが込み上げてきて涙が膨らんだ。

わたしはなんに淋しいのだろう。春のさわやかな風も流れている。公園にはこんなに人々がいる。幼いこどもがつないでいた親の手から離れて、鳩を追いかけまわしている。木々だって新緑を増し、生き生きとしているではないか。それでも自分だけが一人だという不安や焦燥が襲ってきたのだ。

「大丈夫？」

先生がやさしい声で訊ねてくれた。わたしは頷いただけで返答ができなかった。

「人間は一人なんだよね。ずっと」

散った花びらが池に落ちて震えていた。わたしは急に息苦しさを覚えて、先生と一緒にいることができなかった。それで立ち上がって勢いよく走った。絶対に振り向かず、ゆるやかな坂道を下った。走れなくなるまで走っていると、ようやく淋しさが消えた。現実に戻ると耳朶が火照った。なんということをしてしまったのか。もう一度引き返して謝ろうかと思ったが、とても恥ずかしくて戻れなかった。

そして先生はあれ以降、お店に姿を見せることはなかった。大学でも出会うことがなかった。研究室を訪ねると、すでに表札はなく、新任の先生の名札がかかっていた。この春に退職したということだった。

わたしは動揺した。そんなことならあの時連絡先を訊いていればよかった。でもまたきてくれるはずだ。そう思ってアルバイトをしていたが、彼が現れることはなかった。通りの見える席で、いつも一人で飲んでいる姿が浮かぶが、近頃は、あれは幻でなかったかと思うことがある。

一度だけこの店の名前の由来を訊いていたことがあり、店主が、以前の経営者が好きな焼酎の名前をつけたのだと応じると、少しだけがっかりしていた。野球漫画から取ったのではないのかと訊き返した後に、「あぶさん」を描いた漫画家が、新潟出身の人間なのだと言った。それ以上言葉をつがなかったので、わたしと店主は顔を見合わせたが、本当はここに座って、故郷を思い出していたのではないか。きっと幼い頃の郷愁に浸っていたのだ。いい思い出も悪い思い出も、みんないい思い出になると言っていたのだから、特大のホッピーを飲みながら、懐かしさを呼び戻していたのかもしれない。

お客さんが少なくなり、ぼんやりと突っ立っていると、通りをながめている先生の後ろ姿がまた瞼に浮かんだ。今頃はなにをしているのだろう。ヨーロッパ巡礼の旅にでも出たのか、それとも新潟の海でもながめているのだろうか。

わたしの心の中に海に落ちていく無数の雪片が見えた。音もない。光もない。先生だけが蹲っているのだ。わたしはずっとその姿を思い浮かべていた。どうしてあんな故郷を思い出すんだろう？　どこで生きても、人間はずっと一人なのにね。先生はそう言ったが、店に立ち寄らなくなって、彼の淋しさが一段と伝わってきた。

お客さんのホッピーと言う声がして現実に戻ったが、先生はあの淋しさを抱えて生きてきたのだ。今度、誰かが店の名前の由来を訊いてきたら、先生が期待したような話にしようと決めた。そう考えると急に彼が喜んでいる姿が見えてきて、ようやくわたしの心も明るくなった。

四苦八苦

わたしは夜が明けるのを待っていた。まだ四時だ。あたりは物音一つしない。もうすぐ新聞配達のオートバイの音がするはずだが、それもまだない。それとももう過ぎ去ったのだろうか。

近頃は耳が遠くなった気がする。実際、ラジオの音も大きくかけているらしい。隣の老人が大丈夫ですかと訊いてきたが、はじめはなんのことかわからなかった。ようやくラジオの音声だとわかると、不愉快で急に気分が悪くなった。わたしは聞こえないふりをしていた。同情なんて真っ平だ。こちらが一人で暮らしているから、よく声をかけて世話をやいてくれるが、本当はそれが一番煩わしい。

役所は年寄りの住みやすい街にすると言って、地域ごとに老人の世話をするサークルをつくり、個別訪問をしたり殊更に声を掛け合ったりしている。そうする人間も年寄りばかりだ。暇を持て余している彼らを使って、お互いに介護し合おうという試みだ。

それで家に訪ねてきて、用事もないのに四方山《よもやま》話をして帰る者も出てきた。つまりはただの暇つぶしなのだ。こちらが聞いていようがいまいがそれも関係がない。聞いてくれるという人間がいればいいのだ。

あの人たちは自分も退屈だから、わたしも退屈だと思っているのだ。こちらはちっとも退屈じゃない。やることがたくさんあるのだ。膝も目も悪いが、庭先に野菜や果物を植えている。それが成長するのを見るのは愉しい。あちこち手をかけていると退屈することもない。

わたしは今年九十二歳なる。真っ黒に日焼けをしているのでみんなに驚かられるが、肌が白いとか黒いとかは今更どうでもいい。いつ死ぬかわからないのだから、そんなことで神経を使ってもしかたがない。

土いじりをしたり、野菜に声をかけてやると、近頃は彼らが受け答えをしてくれるのがわかる。おばあちゃん、今朝は天気がいいから体が熱いよと訴えるので、水をかけてやると花びらを震わせて喜んでいる。人様とおしゃべりをするよりも、ずっと愉しい。人間はおせっかいだから煩わしい。そのくせ人が本当に困っている時には助けてくれない。それに役所が言ったからそうするというのも変なものだ。やさしくしてくれる人は、普段からやさしいものだ。

理由はなんであり、親切で目にかけてもらっているのはわかるが、歳を取っているからだというのは、いい気分はしない。自分のことは自分でやりたい。人様に頼ってばかりでは惚けてしまうし、それにできることまでやってもらうのは愉快なことではない。

三日前もトマトを間引きしていると、突然、顔見知りの中年の女性にトイレを貸してくれと言われた。承諾すると上がり、そのまま居間に居座り、なかなか出てこなかった。家主が外にいるというのにだ。すると居間から台所、浴槽と見回し、まるで家の中を物色するように覗いていた。

人の家に入ってなにをしようとしているのか。よく見えない目で見つめていたが、盗みをする様子でもない。ただどういう生活をしているのか探っているようだった。ようやく部屋から出てくると、一人でお住まいじゃ、広くてかえって淋しいでしょと言った。

そんなことはないですよ。わたしはそっぽを向いて言ってやった。田舎にいる頃には、この何倍も大きな家に住んでいたのだ。蜜柑や柿の木もあった。桃や無花果《いちじく》もあった。果物は買わなくてもすんだほどだった。だが家も傷み、こどもたちが上京し、そのまま戻ることがなくなった。そのうち一人で住んでいると、野良猫が住み着くようになったし、あちこちに蜘蛛の巣も張るようになった。

　こどもたちは心配し一緒に住もうと言ってくれた。なにかあったら大変だと言うのだ。わたしは強く拒んだ。生まれ育った土地だし幼馴染みもいる。今と同じように畑仕事をしていれば、退屈することもなかった。

　それによく人が訪ねてきて、愉しいおしゃべりもしていた。わたしの家に何日もいて、家族を困らせている知り合いもいた。あの頃は愉快だった。それがこうして東京の郊外で生活をするようになったのは、膝が悪くなったからだ。人の世話がいるようになり、長男に押し切られるように上京する羽目になった。

　条件は一緒に住まない、郷里の家を処分した代金で、東京の家に住むということにした。一日中コンクリートのマンションにいれば、惚けてしまうと言い張ったのだ。実際、年寄りには、都会は知った者もおらず、田舎よりも過疎だ。長男はその条件を飲んで、今は近くに住んでいるというわけだ。嫁もよくしてくれる。それなりに心は満たされているが、やはり一人で自由に生きるのがいい。

　わたしが黙っていると、帰ろうとしない女性が、おばあちゃん、一人で淋しくない？　と訊いてきた。わたしはまた返答をしなかった。そんなことを詮索してもらわなくても結構だ。淋しくない人間なんていないはずがない。それを癒して生きるのが人生ではないのか。四十で後家になり、三人のこどもを女手一つで育てた。生きることに必死だったし、こどもたちを育て上げるというのが一番の望みだった。

そして今更ながらに思うことは、苦しかった時やつらかった時のほうが、生きる手応えがあったということだ。周りの人間は大変だったろうと言ってくれたが、本音はその逆だった。大変だったが、張り合いがあった。

こうして生きる目標がなくなり、後は少しずつあの世に向かうだけだが、懸命に生きてきたから、いい思い出も残すことができた。それらの思い出の中だけでも生きていけるのだ。それに人間なんて、どう生きたって大差があるわけではない。いい死に方、悪い死に方とあるはずがない。癌で苦しんで死のうが、交通事故で死のうが死は死だ。病院で死のうが、家族に看取られて死のうが、死にゆく者にどういう意味があるのか。こちらに残った者の思い込みや気休めで言っているだけではないか。わたしはこの世から消えた後のことまで、知ったことではない。

「びっくりするくらいおばあちゃんは元気。家の中もきれいにされているし」

「目がよく見えないもんですから、掃除もうまくできているかどうかわかりません」

「ご立派よ」

「心配してくれてありがとうございます。これからもよろしくお願いします」

わたしが横を向いて言うと、お互い様ですからねと愛想を言った。なにがお互い様なもんか。目も脚も不自由なわたしは、なにもあなたに世話をやいてやることができない。悔しいがやってもらうだけだ。だからといって、家のあら捜しをするようなことをしなくてもいいではないか。

「なにかあったらすぐに言ってね。遠慮なんかしなくたっていいんですからね」

「いつもすみませんね」

わたしはふんと鼻を鳴らしたくなった。昔の女性なら決してあんなことはしない。どんなに親しくてもだ。戦争に敗けて、女性と靴下は強くなったというが、野放図になっただけだ。買い食いや立ち食いも平気でする人間が増えた。この間も娘のところに行く途中に、電車の中で化粧をしている者を見た。嗜みとか恥じらうという気持ちは、もう日本の女性にはないのかもしれない。

この女性も似たようなものだ。なにもないから取られるものはないが、家探しをされたみたいで気持ちが悪い。

「今度、また集まりがあるでしょう。必ずお迎えにきますから、ご一緒しましょうね」

「それはご親切に」

「お仲間なんですから」

「ただのおばあちゃんなのに」

「田山さんは人気者ですもの。お話も上手だし、ユーモアもあるからみなさん喜んでいるんですよ」

お話が上手？　その言葉は褒めているのだろうか。それともけなしているのだろうか。わたしはなにもあなたたちを愉しませるのに話をしているのではない。聞かせてくれと催促されるからしゃべっているだけだ。確かに普段は一人で誰と話すこともないし、テレビを見ていて、独り言を言っていることはあるが、だからといって特別に淋しいわけでもない。もう五十年も一人で暮らしているのだ。週に二回長男の嫁がやってきて一緒に買い出しをしてくれるが、それ以外は洗濯も炊事もみな自分でやる。蒲団を干すのだってやるし、時間はかかるが風呂掃除もやっている。体は不自由になったが、ゆっくりとやればまだなんでもできる。周りが年寄り扱いをして困るだけだ。

「本当に大変だったんですものねえ」

相手は以前わたしが話した戦争のことを言っている。それはあなたたちが知らないからで、あれが日常の生活だったのだと言いたい。多くの人たちが死んだ。わたしもその一人になっていたはずなのに、たまたま運がよかっただけだ。

敗戦間近の時、わたしは広島にいた。幼友達とベアリング工場の総務課で働いていた。原爆が投下される一日前、休暇を取って故郷に戻った。彼女も誘って帰ろうとしたが、相手は、もう少ししたらお盆だから、その時に帰省すると言った。それで一人で帰ったが、しばらくすると、通っていた女学校や小学校の教室に、被害に遭った人たちがトラックに積み込まれてやってきた。

その介抱に駆り出されて行くと、言葉が出ないほど驚かされた。顔や背中が焼けただれ、痛みを訴えて泣いている者もいたし、沈んだ表情をして、力のない目をした人間を何人も見た。

あんなに淋しい目をした人たちを見たことがない。夜になると、近くの川に入り、朝にはいくつもの死骸が浮かんでいた。なぜこんなことになってしまったのか。心底恐ろしいと思った。ピカドンが落ちたと噂が立っていたが、それがどんなものかわからなかった。それから幼友達はどうしたのかと気になってしかたがなかった。やっとの思いで広島に戻ると、なにもかもが吹っ飛んでいて、そこはわたしの知らない街だった。工場は跡形もなく、幼友達の行方も判然としなかった。

わたしは途方に暮れたが懸命に探した。そして彼女が二十日町の病院にいるということを探し当てた。美枝ちゃん。彼女はか細い声を上げた。体じゅうに包帯が巻かれ、その下から膿が滲んでいた。眉毛も睫毛もない。眼窩は窪み、深い闇を貯えていた。もう見えないのか？　そんな気持ちで見つめると、すっかり瘦せ細ったその闇から、ゆっくりと涙が泉のように湧き、薄い頰を伝わった。

朝子ちゃん。二人で泣いた。あれが最後の別れだった。わたしはあれ以来、神様を信じなくなった。朝ちゃんの家は、田舎では珍しいクリスチャンで、彼女も洗礼を受けていた。誘われて町の教会に行き、よく賛美歌を聴いていた。きれいな声で歌う彼女が羨ましかった。憧れもした。自分も歌いたいと願ったし、あんな歌を歌えるなら、信者になってもいいと思案したほどだ。

遊ぶのもいつも一緒だった。広島に出たのも彼女が行くと言ったからだ。そして悲惨な目に遭い、わたしだけが助かった。運命というだけで片付けられないものがある。

あんなに熱心な信者だったのに命を奪われたのだ。戦争中は自分が信者だということを隠していたが、一人になるとよくお祈りをしていた。あの人だけは戦争が早く終わることを願っていた。多くのキリスト教の人たちがいるアメリカと、戦争をしていることに心を痛めていたのだ。それなのに向こうは原爆を落とした。空襲を繰り返し、罪もない人をたくさん殺した。神様がそうしろとでも言ったのだろうか。

「いつもあやかりたいと思っているんですよ」

わたしが遠い昔のことを思い出していると、また声をかけてきた。こちらのなににあやかりたいというのか。一番仲のよかった友達を失い、夫に先立たれて後家を通し、こどもを育てるだけの人生だったではないか。それに朝ちゃんたちはあんな死に方をしたのだ。彼女のことを思い出せば、生きているだけで幸福だ。人間は生きている間が人間だから、厭なことがあっても生きるが、そうしなければ早く死んだ美枝ちゃんたちに申し訳ないではないか。こっちのことをいろいろ見聞きして、あちらに行ったら話してやりたい。

わたしはこの家で死ぬ。こうして畑仕事の最中にぽっくりと逝けばいい。それで十分だ。生き残った人たちに、よく思われたいと考えたこともない。以前、老人たちの集まりに参加した時にそのことを言うと、驚いている年寄りたちがいた。なにも意地を張って言ったわけではない。心から思っているからそう言っただけのことだが、訝しそうに見る者たちもいた。

死ぬのが怖いから惚けたほうがいいと言う者もいた。誰もが通る道なのになにを怖れるのだろう。生きることに未練を持ったとしてもそうなる運命なのだ。静かに甘受すればいいだけのことではないか。

「こんなに豊かな日本になったのも、みんなおばあちゃんたちのおかげよね」

わたしは煩わしくてすぐに返答をしなかった。またふんという気持ちになった。そうですよ、あなたたちが命を亡くすこともなく、野放図に生きられるのは、わたしと同世代の人たちの犠牲の上にあるんですからね、と言ってやりたかった。

話したところでわからないし、上辺だけの同情を買うだけだ。本当のことは体験してみなければわからない。あの原爆の悲惨さや戦争の苦しさは、そう簡単に忘れられるものではない。なにがわたしたちのおかげだ。

「おいしいものを食べたり、あちこちに旅行に行けるのも、みんなわたしたちが頑張ったからなのよね。今の人たちはその恩恵を受けているだけ」

わたしは嫌味を言ってやった。朝ちゃんが苦しんで死んだことも、夫がシベリア抑留から戻ってきて、すっかり性格が変わったことも知りもしないで。生き残った者だって、食べていくことに必死だったのだ。

それが今はどうだ。テレビでは若い女性が味もよく知らないで、大きな口を開けて食しているし、海外にも出かけている。それにアメリカと戦争をしたことも知らない若者がいるらしい。日本はいったいどんな教育をやっているのか。

「おばあちゃんに言われると、返す言葉もなくなってくるわよね」

相手の女性はこちらの嫌味が伝わったのか、きつい目を向けた。

「でも本当にいい国。昔と違ってみんな伸び伸びと暮らしているんですもの。あれをしゃべってはいけない、これをしちゃいけないというものが、なにもなくなった気がするの」

わたしはまた棘のある言葉を向けた。

「そうですよねえ。戦後生まれのわたしでもそう感じることがありますもの」

「あなたもそお？」

「自分のこどもを見ていてもそお」

わたしはもう一度相手を見直した。あんたのこどもだからじゃないかと言いたかったがやめた。年寄りの居場所はだんだんと狭くなってくるのだ。それも社会にあまり参加していなければ尚更のことだ。昔は全国のあちこちに姨捨山があり、もしそういう時代なら、わたしだってとっくに死んでいるはずだ。それから見れば恵まれている。こうして我が儘も通せているのだ。

「人の気持ちも時代も変わりますからねえ。わたしよりおばあちゃんのほうが、もっとそう感じているでしょう」

「どうだかねえ」

相手は腕時計を見て、じゃあ、おばあちゃん、行きますからねと素っ気なく言った。わたしは後ろ姿を見ていたが、いったいなにしにきたのだろう。散歩の途中でトイレを借りただけだが、ひょっとしたら監視にでもきたのだろうか。家だってそう遠くは離れていない。まっすぐに戻ってもよかったはずだ。

それなのにどうでもいいような話をして帰った。やはり警戒されているのだろうか。そう考えると急に不愉快になり、畑仕事をやめてしまったが、それにしても近頃のわたしはなにに怒っているのだろう。わけもなく興奮することがあるのだ。

その晩は珍しく睡眠導入剤を飲んで眠ったが、また早く目が醒めた。血圧も上がっている気がする。医者は目と膝以外はどこも悪くないと感心しているが、人の目が気になるようになった。

今日も早く起きて食事をして、時間をかけてお茶を飲み、いつものように野菜や花に水を与えていた。すると先日の女性が通りを歩き、わたしの姿を目にすると、おばあちゃん、お元気、この前はどうもと近づいてきた。

「元気ですよ」

「トマトも大きくなったわ。隠元もたくさん成っているし」

「おかげさんでな」

「よく精を出しているからだわ」

相手がまた物色するような視線を投げた。わたしは先日の厭な感情が湧いてきて構えた。ちょっと油断をすると、なにかやられそうな目だ。それともやはり用心深くなっているのか。

数日前も変な電話がかかってきて、この土地出身の人間が起業し、地元の人たちにお礼として社債を発行するから、買わないかと勧誘してきた。社債と聞いてもわからなかったので黙っていると、この会社に投資をすると、いい利率でお金が戻ってくるのだと言った。社債を一千万買うと年利十八パーセントで、百八十万円のお金が入り、五百万円だと十パーセント、三百万円なら八パーセントの利率だと言うのだ。そんなにいい話があるわけがない。それでどちらにおかけですかと訊くと、わたしの名前を言った。それでまたしばらく黙っていると、絶対に儲かりますからと強く勧めてきた。わたしは咄嗟に、新手のオレオレ詐欺だと思った。それでもう一度会社と名前を名乗ってくれと頼むと、このばばあと悪態をつかれて電話を切られた。そんなにうまい話があれば自分でやればいい。確かにばばあには間違いないが、こちらがまだ意識していないのだ。だから余計に腹が立った。電話は発信元不明になっていた。ああ、やっぱりと確信した。年寄りだから馬鹿にしているのだ。

すると次の日に、今度は地元の銀行員だという女性からかかってきた。やはり同じことを言うので、どこの銀行なのか教えてくれと言うと、またすぐに切られてしまった。それも非通知だった。銀行が非通知であるはずがない。馬鹿にするのもほどほどにしてくれという気持ちになった。引っかかる人間がいるから、こんな詐欺まがいのことが横行するのだ。昔は年寄りからお金を巻き上げる人間などはいなかったはずだ。それとも外国人がやっているのだろうか。

あれから少し神経質になっているのかもしれない。そんなことがあった後なのに、顔見知りだからといって、家に上げたことを後悔しているのだ。昔なら外出しても鍵などかけたことがない。夜だって蚊帳をつって家族一緒になって寝たものだ。開け放された部屋でみんなで寝ていると、夜風も心地よく、静かな幸福感を覚えたものだ。それを今は部屋中の鍵をかけて眠る。風だってクーラーの風だ。ちっともいい気持ちにはなれない。

たまに電話をよこす息子だって、戸締まりに気をつけろと言う。そんなことはわかっている。ただ生きにくい世の中になったと嘆いているだけだ。そう言うと、また田舎に帰りたいのかと訊く。今更そうしたところで知った者も少ないし、二十年前に出てきた時には、もう帰らないと決心したのだ。お墓もこちらに建て替えたではないか。なにを今更だ。

「おばあちゃん、みんなお仲間なんですからね。助け合うのが人間ですものね」

相手の女性は近寄ってきて、大きなトマトを撫でた。

「少し持って行くかね。たくさんできて息子たちに分けても多いからな」

わたしぞんざいに言ってやった。

「嬉しい。じゃあ、ちょっと教会に行きますから、その帰り道にまた寄っていいかしら」

わたしは教会と聞いて言葉をとめた。脳裡に朝ちゃんの姿が浮かんだのだ。

「アーメンさんかね」

「わたし?」

女性はなにを訊かれているのかわからず、茫然としていた。それから言っている意味をようやく理解したのか、表情をゆるめた。

「生まれたときからアーメンさんなの。わたしはなんだっていいんだけど」

朝ちゃんと一緒だったのか。単純なわたしは、急にいい人に見えわらっていた。すると今まで警戒していたこともどこかに消えて、この人は本当にやさしくしてくれていたのだと思った。

「じゃあ、待っているわね」

「いいことをちっともやっていないから、神様に懺悔でもしてこようかな」

「懺悔ね」

「おばあちゃんは愉しく生きているもの。そんなものはないでしょう」

「あるわね。山ほど」

女性は、本当にぃと大らかな笑みを見せた。それが幼い時分の朝ちゃんの笑顔のように見えた。彼女が生きていたら、どんなに楽しい人生だっただろう。

「おばあちゃん、大丈夫?」

「あんたさんがいい人でよかった」

「そうかなあ」

相手は嬉しそうだった。わたしは振り返って手を振る女性を見て、猜疑心が強くなっていたことを恥じた。悪かったなという気持ちが芽生えてきて、自分もご先祖様に向かって懺悔しようかと考えた。それから朝ちゃんのことを話してみようかと思った。すると今まで高ぶらせていた感情も穏やかになり、普段見ている景色も急に生き生きとしてきて、急にすがすがしい気分になってきた。

かもめ

煙草に火をつけると煙はすぐに千切れた。風は海から吹き上げている。空気が澄んでいるのか、海原は遠くまで見渡せた。かもめ島が目の前にあった。

あの島が風除けになって、天然の良港になっているの。修子の声が中空を舞う風の音とともに蘇ってくる。島は羽を広げた鳥の形をしていた。海辺のお墓がいいわ。所帯を持ってから、ああしたい、こうしたいと言ったことがない彼女が、最後に残した言葉だ。あれは本心だったのだろうか。

わたしはあの言葉を聞いた時、返答することができなかった。一度も帰郷しようとしなかったのだ。もうあの時、自分があの世に行くと知っていたのだろうか。芯の強い女性だった。自分と夫婦にならなければ、もっと充実した人生が送れたはずだ。そう思うと胸に鈍い痛みを覚えたが、わたしの人生は、彼女に甘えただけのものではなかったのか。

修子は江差で生まれた。十八歳までそこで暮らしたが、両親はすでに結核で亡くなっていた。あの病気は血筋。わたしもいずれそうなるかも知れない。いつもそのことに怯えていた。二親を失った彼女は、伯母の元で育てられたが、二人の従兄妹がいた家は、決して居心地のいいものではなかった。高校を出ると、大宮に出た。それから二年間、町工場で働いて大学に進学した。

わたしはその話を聞いた時、にわかに信じられなかった。身形も小奇麗にしていたし、ショートカットの項は白く眩しかった。苦労しているという影が感じられなかったのだ。

はじめて彼女と出会ったのは二十五歳の時だった。その頃のわたしは定職を持たず、日雇いのアルバイトをして生計を立てていた。生きあぐねていたのだ。その原因は物書きになりたいという気持ちがあったからだ。だが突き進むだけの勇気も自信もなかった。修子とは喫茶店で出会ったが、言葉を交わすことはなかった。しかしある日、彼女のほうから声をかけてきた。

「少しよろしいですか」

こちらが読んでいた本から視線を上げると、緊張した面持ちで見つめていた。

「この前、見かけましたよ。図書館で」

わたしはどう応えていいかわからなかった。

「いつもお一人なんですね」

「あなたもそうみたいですね」

すると彼女は唐突にごめんなさいと謝り、再び自分と視線を合わせようとはしなかった。変な女。いったい今の行動はなんだったのか。なにか気に障ることを言ったのだろうか。わたしは戸惑い、居心地の悪さを覚えていた。

「無碍《むげ》にされたと思っているのよ」

彼女が帰ると初老の女将が言った。

「彼女も一人でしょう。おしゃべりでもしたかったんじゃないの」

女将は慰めるように言ってくれた。

「突然だったもので、ついあんなことを言ってしまいました」

「でもあのお嬢さんはそういう人じゃないわ。あなたと同じように、いつも本を読んでいるの。乙女心を傷つけたということになるのかなあ。きっとあの日はなにかあったのよ。ほら、人恋しくなることってあるでしょう」

そして彼女が中学の教員をやっていると教えてくれた。

「頑張り屋さんみたいね」

そう言われてもわたしは言葉をつなぐことができなかった。喫茶店で会っても言葉を交わしたのはあの日だけだ。それもたった一言でかたい雰囲気をつくられてしまった。女将は、彼女が北海道出身で、夜は近くのレストランで働きながら教職課程を取って、教員になったと教えてくれた。

「警戒心の強い女性なのに、逆にあなたに声をかけるんですもの。驚いたわ」

女将は相手に親近感を抱いている様子だった。わたしは話を聞きながら、なにもできないでいる自分を重ねて、努力する相手が羨ましく思えた。

「それからの知り合い。こんなにこないことはないのに、どうしたのかしら」

その話はそれで終わったが、彼女はあれ以来顔を出すことはなかった。

「気にしたとは思えないんだけどねえ」

「ごめんなさい」

「くる人がこないと、逆に心配になるのよね。嫌な仕事」

女将はこちらの気持ちを解してくれるように言ったが、自分が悪いことをした気持ちになり黙っていた。直《じき》に店のドアが開き、彼女が姿を見せた。女将は、あらっと声を上げ、ちょうど噂をしていたところと表情を綻ばせた。

「九州に行ってきました」

わたしは彼女が言った九州という言葉に心が動いた。

「福岡の赤間というところなんです。城山という麓に大学があって、そこで研修を受けていました」

「ずいぶんとながい研修」

「そのまま帰るのももったいない気がして、長崎や熊本まで足を延ばしちゃった」

相手は小さな舌を見せて、女将に謝るように言った。わたしは彼女たちの話を聞いていて、その土地のことが脳裏を走った。

そこはわたしが十二歳までいたところだ。修子は丘の上の校庭に立つと、のどかな田園地帯が広がり、涼しい風が吹いていて、心が洗われるような気持ちになったと言った。その田園地帯の中央を川が流れていた。幼かったわたしは、そこで父と一緒に釣をしたことがあるし、近くの海で海水浴もやった。懐かしい思い出がある土地だ。

やがて病弱だった父が亡くなり、母の郷里の山陰に移り住んだが、その後は訪ねていない。穏やかな土地が瞼の裏側に焼きついたままだ。

「住んでいた土地です」

わたしは気づいた時にそう言っていた。彼女たちはなんのことかわからずに、こちらを見つめていた。

「誰が？」

女将が尋ねた。

「ぼくがいたところです」

二人はようやく理解したのか、わたしを見直した。

「そうなの？」

「教育大のことですよね。ぼくがこどもの頃にできたはずですけど」

わたしはしゃべっている間にだんだんと懐かしくなり、言葉に熱が帯びてきた。

「いろいろあるのね、みんな」

秋田出身だという女将は、東京で知り合った男と結婚したが、病気で亡くなり、この喫茶店を切り盛りして、二人の息子を育てたと言った。結婚すると、家に寄りつかなくなり、嫁たちに取られたようなものだと笑わせた。

「それが普通でしょうけど」

女将は修子が現れたのが嬉しいのか、陽気にしゃべったが、わたしが盗み見すると、修子は一瞬だけ顔を曇らせた。それがどうしてだか判然としなかったが、戻ってきたばかりで疲れているのだと勝手に解釈した。それからわたしたちはつきあうようになったが、こちらはろくに働いていないこともあり、負い目を感じていた。

「母親が生きていたら、女将さんと同じ歳なの」

彼女は亡くなった親のことをよく話した。父を失ったわたしには、彼女の気持ちがわかる気がした。それはただ思い込みにすぎなかったが、そう考えることで、自分と修子の心がつながっていると思いたかった。

彼女は休日に訪ねてくることが多かったが、よく書物に親しんでいた。わたしは授業の一貫として勉強をしているのだと思い込んでいたが、多くの小説を読んでいることに気づかされた。

「読んでいると知識もついた気にもなるでしょう。いろいろな人がいるんだなあって思うし」

そんなふうに小説を読んでいるのか。物書きになりたいという気持ちがあるわたしは、どうしたら小説が書けるかということばかり思案していた。

「それに読書というのは、読むと書くという字でしょ。読むと、疑似体験もできるわ」

修子は生意気なことを言ったと思ったのか、口元をゆるめた。

「読んだことを言っただけなの」

「日記でもつけているの？」

「過去はいらないの。消したいことばかり」

修子は強い口調で言い切った。

「透明人間にでもなりたい？」

「できれば」

「不満？」

こちらがそう言うと、相手は小首を傾げて見せた。

「社会に出ると上下関係ばかり。立場や身分なんて人がつくったものでしょう？　人格や人柄は自分がつくるものでしょう」

彼女の言い方は唐突だったが、悪意のないしゃべり方は悪い気分ではなかった。

「小説家になりたいんでしょ？　いいなあ」

一人で生きている母の姿が見えた。寡婦で育ててくれたことを考えると、それはわがままな感情だった。

「好きに生きればいいのに」

こちらが言葉を止めていると、彼女は気安く言った。

「そうはいかない」

「どうして？」

なにを言っているのだろう。人の気持ちも知らないで。わたしはそんな気持ちにもなった。

「無理なこともある。きみは好きに生きているの」

「どうだろう?」

修子は通りに視線を流した。時折ふと淋しそうな表情をつくる相手に、どんな生きかたをしているのかという気持ちが湧くことがあった。

「諦めるともっと駄目でしょう」

しばらく黙っていた修子は、わたしを真っ直ぐに見つめた。読書好きな自分がやればいいじゃないか。こっちのことをなにも知らないで。露骨な感情が表情に出たのか、怒っているのかと訊き返された。

「そんなことはないけど」

「やっぱり」

「命までは賭けていないけど、生活を懸けてやっている人はたくさんいる」

たまに出入りしている同人雑誌の年配の知り合いには、生活に追われている人もいる。そうまでして彼らの心を捉えているものとは、なんなのかと見つめることがあるが、自分にはそこまでやれるという自信もない。だがやってみたいという気持ちもある。その狭間で揺れ動く葛藤が、わたしを苦しめていた。

「うまくいくことがこの世にあると思いますか」

修子は畏まり、質すように訊いた。

「どうだろ」

「ないと思う」

修子の目はこちらを見据えていた。

「あったとしても一過性のことじゃないかしら？　煩悩があるかぎり、また新しい欲も生まれてくるでしょう。するとまた悩んだり、苦しんだりするでしょう」

「あるの？」

「諦めるか、思い切って、進んで行くしかないんじゃないかしら。欲望と希望は似ている気もするけど」

ではきみはどうなのだと問い返したかったが、わたしは口を閉じていた。

「諦めない修行というのが、大切なような気がする」

「無理なものもある」

「人ができることは自分もできる。自分ができることは他人もできる。そうじゃない？」

わたしはそうは思わなかった。なにもかも棄てて生きていく決意はない。それに才能に一切を賭ける仕事ではないか。そんなものがわたしにあるはずがない。

「音楽家や画家は練習曲を何時間も練習したり、画家だってクロッキーやデッサンを必死にやる。小説家だって同じことさ」

わたしはそこまで言って、自分がなにを言いたいのかと逡巡した。もうなにもかもわかっていることではないか。

「だからここで本を読んでいるんでしょう」

「あなたもそうなの」

「わたしはただ好きだから読んでいるだけ。それに書きたいことなどないもの」

相手が強く拒絶する言葉を吐いたので思わず驚いたが、ではなぜ自分がそうしたいのかわからなかった。好きというだけで生きていけない世界だということは、同人雑誌の人たちを見ればわかる。

そして確かにあの中の一人は、こちらがどうすれば物書きになれるのかと問うと、それは簡単なことだ、たくさん読めば自然と書けるようになるし、なれると言った。わたしにはその言葉を頼りにしていた。いい小説家になるには、いい作品を書けばいいだけなのに、そのことに気づいていなかったのだ。

「わたしと頑張ってみない？」

それはどういう意味なのか？　その真意が理解できないでいると、彼女は緊張した面持ちで笑いかけていた。

「誰かのために頑張るのも、一つの生き方のような気がしない？」

謎かけのような言葉に応じられなかったが、わたしはどんなことでも彼女と話すことが愉しかった。それは人とつきあっていない淋しさからきたものだが、修子が喫茶店に顔を出さない日は気落ちした。

女将とたあいない会話を交わしながら待っていることが多かったが、その女将も、修子が明るくなったと言った。学校の人間関係も複雑だから、深入りすると疲弊するでしょと言ったが、それは本心のように思えた。

やがてわたしたちは所帯を持った。修子は、身内は伯母夫婦しかいないと言った。彼らのことや郷里の話をすることはなかった。それは話せば淋しくなるからだと感じていた。わたしが彼女と暮らしている間、親族といえる人たちとは誰も会っていない。訊くと心を痛めると思ったのだ。

こどもはできなかった。わたしはそれでよかった。修子もなにも言わなかった。それでほしくないのだと考えた。やりたいことをやって。それを応援するのが生きがいなの。彼女はそう言って励ましてくれた。

つまり小説を書いてくれと頼んだのだ。だがわたしは従わなかった。出会った編集者に、小説を書いていくなら、妻に頼るなと教えられた。自分がやりたいことを相手に頼れば、いずれは甘える。書けない時には負い目も感じる、帰りが遅ければ余計な詮索もする、だから心が乱されて、逆に書けなくなると言った。それに自分の夢や希望のために、人を利用することはいけないと忠告された。わたしはその言葉を信じた。

その後、小さな出版社に勤め、時間を見つけては書いた。修子はそのことが不満だった。二人で生きるだけだから、生活はどうにかなると言った。なぜ彼女がそんなに拘泥するのかわからなかったが、そのことだけが諍いの元だった。

だが十年以上かけて単行本が二冊出た。するとようやく彼女の気持ちも治まった。それだけの本を出すだけで生きてきた人生だったが、わたしは複雑だった。もっと頑張れたのではないか。才能に一切を賭けて生きる世界のはずなのに、そんな生き方をしてきたのだろうか。たった二冊の書物を出すだけで、彼女の人生を犠牲にしたのではないか。修子が亡くなって、今更どうなるものでもないのに思案することが増えた。

彼女はなにを見て生きていたのだろう。一人で東京に出てきて、頑張った末にわたしと一緒になったが、本当に納得のいく生き方をしていたのだろうか。人生があっけないということを、彼女の死によって知らされたが、残ったのは後悔だけだ。その修子が戻らなかったこの土地に還りたいと言った。ずっと忘れたことがなかったというのか。海辺のお墓がいい。修子の言ったこの地に墓を建てた。

わたしは彼女との三十年の生活を考えた。いくらそうしたところで、過ぎ去った時間が戻ってくるわけではないが、考えずにいられないのだ。自分の夢のために、彼女の夢を食ってしまったのではないか。夫婦だからいいの。あなたの夢はわたしの夢。そのことも叶わずに別れることになってしまったが、彼女はなにを思って生きていたのか。わたしはそんなことすら考えようとはしなかったのだ。

はじめて本が出た日の喜ぶ表情が忘れられない。表紙を眺め、指先でなぞっていた。じっと見入り、嬉しさを押し殺していた。あの夜、修子は明るい未来を想像していたはずだ。しかしそうはならなかった。

その後に続いたものは、以前にも増しての苦しさだけだった。書くこともできず、書いたとしても作品は立ち上がらない。結局はながい時間をかけて、才能がないと気づかされただけだった。なにも言わなかった修子の落胆は、わたしより強かったはずだ。

感情を抑え、耐えているとわかっている姿に、息苦しさを感じることもあった。その気持ちがあるなら、どうしてもっと立ち向かわなかったのか。それが修子の幸福につながるとすれば、なぜもっと応えようとしなかったのか。そんな中を生きてきたわたしたちは幸福だったのだろうか。

修子はこの土地を嫌悪しているものと思い込んでいた。それなのに亡骸をこの地にと頼んだ。あなたもくる？　彼女は頼りなげな視線を向けた。そうしてくれるかと言っているのだ。わたしはああと笑って見せた。

しかし嫌っているはずの土地に、なぜそんな心境になったのか。人間のもっとも忘れがたい感情が郷愁とでもいうのか。鮭や鮎が命を賭けて故郷の川に戻ってくるが、人間もそれと同じことなのか。ただこの世を去るために必死に戻ってくる。修子もそうだったということなのか。

これからわたしは生きている間はこの土地にやってくる。いずれは自分も眠る。人間だって草木と同じように、いつかは朽ちて亡くなるわ。人間は特別なものとして生きているみたいだけど、生まれた者は必ず亡くなるの。そうじゃないかと問いかけたことがあるが、わたしは当たり前のことだとうっちゃった。

生まれて死ぬまでの間を、もがいたり苦しんだりして生きるだけでしょう？　そう言う彼女を見返したことがあるが、なぜそんなことを改めて言うのかと、戸惑った感情が生まれていた。思い返すと修子の言葉だけが風に乗って届くが、言葉こそが生きる道しるべではないか。彼女の言葉によって、わたしは生きてきたのではないか。

そんなことを思案して墓の前を離れると、ふと目の端に人影を感じた。花を持った四十前後の女性は、こちらのそばを通り過ぎる時に小さな会釈を交わした。

わたしは相手の横顔を見て激しく動揺した。若い修子がやってきた、いや彼女が生きていると思ったのだ。呆然と見送っていると、相手は二、三の墓石をながめた後に、修子の墓石の前で足を止めた。しばらく放心したように突っ立っていると、直に手を合わせ深く頭を垂れた。いったいどういうことなのか。わたしは相手の姿を射すように見つめていた。自分以外にお参りをする人間はいないはずだ。ようやく終わるとこちらの視線と出会った。相手はすぐに視線を外して、もう一度墓石に目を向けた。わたしは正面を向いた彼女の姿を見て、改めて胸が高鳴っているのを覚えた。いったい誰なのだ。やがて見とれているわたしのそばを通り過ぎたが、こちらはただ見送るだけだった。

「あのう」

わたしが佇んでいると、帰りかけていた女性が戻ってきた。色白で、黒目がちの表情はやはり修子とそっくりだ。

「あのお墓と関わりのある方ですか。この町では見かけない方でしたので。失礼なことをお訊きしますが」

わたしは頷いただけだった。

「住職に聞いたものですから」

なにを言いたいのか。相手はそのまま黙り込んだ。

「どういうことでしょうか」

相手は答えるのを迷っているようだった。

「親戚かもしれないんです。ごめんなさい。母かもしれないんです」

「誰のですか」

「わたしのです」

美しい女性だが気でもふれているのか。それから彼女は修子の旧姓を訊いた。

「岸部です」

相手の顔色が変わった。

「やっぱり」

「それがなにか」

「一度も会ったことがないんです」

彼女は視線を足元に落とし、下唇を嚙んだ。

「母です」

「どういうことでしょうか」

そんなことがあるはずがない。この女性はどうかしている。

「誰も知らないことなんです」

なにを言っているのだ？　三十年も一緒に暮らしてきたのだ。修子のことはこのわたしが一番知っている。

「おっしゃっていることが、よくわかりませんが」

相手はまた下唇を噛んだ。

「動揺してしまって、どういう方だがわからないのに、勝手にしゃべってしまって。土地の方じゃないことだけはわかりましたので、つい変なことを口走りました」

「あの人の夫ということになります」

こちらが応じると、相手の表情が一変した。

「ずっと堪えていたので、誰かに話したくてしかたがなかったのかもしれません。話したところでどうなるものでもないし、なにが変わるというわけでもないんですけど」

でもと言って言葉を止めた。

「こどもはいません」

「それでも結婚はしていたから、こうなったんですよね」

「ほしがらないところもありました。それでよかったんですが」

女性は高校時代に修子が自分を産み、伯母の娘として育てられたと言った。わたしたちは対峙するように見合ったが、相手にはやはり修子の面影があった。本当なんです。彼女は今にも泣き出しそうな表情で言った。

「いろんなことがありました。いろんなことも言われましたし。それでも今は大丈夫なんです。知った人たちが、少しずついなくなっていきましたし。なんでも時間が解決するとわかりました。一時はお母さんと同じように、この町を捨ててしまおうかとも思いつめていましたが」

多分、そうだろう。だがたとえそうであっても、もうなにも訊きたくはなかった。修子はもう生きていないのだ。訊いたところでなんになる。そう強く思い込むと、テレビの推理物を見つめていた修子の姿が蘇ってきた。

画面を切り、ひきつけを起こしたように震えている姿が脳裏を走った。義理の伯父に関係を迫られる場面だったが、洗面室に駆け込み嘔吐した。その後、浴室に向かい、湯船から出てこようとはしなかった。ようやく上がるとそのまま寝室に消えた。わたしは気分でも悪くなったのだと思い静かに寝かせたが、修子が唯一動揺を見せた姿だった。

ずっとそのことを忘れていた。もし目の前にいる女性が言っていることが本当ならば、彼女はわたしを騙していたということになる。修子の明るい笑顔が見えた。あの明るさの分だけ、濃い影を持っていたということなのか。あなたの夢が叶ったら、今度はわたしのことも書いて。自分で書けばいいと笑い返すと、自分には無理だとかわされた。彼女はなにを書いてほしいと思っていたのか。

「失礼なことを言ってしまいました。どうかしていたんです。一度も会ったことがない人なのに」

「一度もですか」

「少なくとも、わたしは」

相手の表情がまた崩れた。彼女はその表情を隠すように背を向けた。わたしは引き止めることができなかった。やはりなにかの間違いではないか。わたしたちには秘密なんかなかったはずだ。もし女性が言ったことが真実なら、もっとあれこれと訊いてくるはずではないのか。

女性は海に通じる坂道を下っていた。わたしは夢を見ているような気分だった。あの修子の笑みは、自分の苦悩を隠すためのものだったというのか。秘密のない人っていないでしょう？　秘密があるから人間かもしれないし。風に乗ってまた修子の声が届いてきた。わたしは立ち上がった。それから女性を追った。

このことがおまえの秘密だったというのか。人のことを決して訊かなかったおまえは、訊けば、自分のことも訊かれるということを知っていたのか。誰だってあの世に持っていくものは、一つや二つはあるわよね。修子は他人事のように言った。あるのかい？　わたしはふとその言葉に淋しさを覚えたが、どうかなと笑って誤魔化した。修子は娘を産むことによって、この江差の町を断ち切ったのだ。帰りたくても帰れなかったのだ。

「もし」

近づき声をかけると、女性は一瞬、身構える仕草をした。わたしは彼女に、母親の人生を話してやりたい気持ちになったのだ。それが修子の頼みにも思えたし、こうして導くものがあったと思えば、供養になるとも考えたのだ。そうすれば会ったこともないという親を、身近に感じてくれるのではないか。するとわたしの心にも、修子が生まれ育った苦い故郷がいいものに感じられてきた。

こちらが改めて声をかけようとすると、通りからお母さんと呼ぶ声がした。目を向けると、制服を着た女子高生が手を上げていた。

「あら、今、お帰り？」

「疲れちゃった。それで今日はお休み。クラブ活動は」

「いいの？」

女性は声をかけたわたしに申し訳ないと感じたのか、小さく頭を下げた。

「たまに休息も必要なの」

「いつもそんなことを言って」

二人は愉しそうに会話を返していた。わたしは女学生を見た。相手は母親と同じ仕草でお辞儀をした。彼女が修子の孫ということになるのか。この光景を見たら彼女はどう思うだろう。わたしは修子の血が未来までつながったような気がしてきた。直に二人はまた挨拶をし、明るいやりとりをしながら去って行ったが、今、起きたことは現実なのだろうか。なにもなかったようにあの女性は去ったが、きっといいことなのだ。

わたしはこのことを修子に伝えたい気持ちになって、またお墓に続く坂道を登った。江差は坂と風の町。おまえの言う通りだ。息を整えるために立ち止まると、海からの風がわたしを浚うように吹き抜けた。思わず振り向くと、日本海の青い空にかもめが舞っていた。修子もあのかもめのように自由に空を飛んで、この町に帰ってきたかったのだ。そう考え直すと、よかったなという感情が静かに立ち上がってきた。

積み木

龍野慶治の妻から電話があったのは一週間前のことだ。友人の妻とはいえ、彼女から連絡があったのははじめてのことだった。平尾は、一瞬、身構える感情が走ったが、龍野が病気や亡くなったという話ではなかった。

「お話しにくいことなんですけど」

相手は季節の挨拶をした後にそう言った。もう何年も会っていなかったが、物腰のやわらかい色白の女性だった。

「奥様がお亡くなりになって、何年になられますか」

彼女は躊躇する気持ちがあるのか、また別のことを訊いた。

「もう十年になりますかね」

「あの世がいいのか、この世がいいのか、わかりませんよね」

行ったことのない世界よりも、知っているこの世のほうがいいではないか。平尾は龍野の妻の言葉を聞いてそんな思いになったが、受け答えはしなかった。相手が、相談があると言ったのに、なかなか本題に入らないことに戸惑っていたのだ。それに急に妻の話が出て、彼女のことを思い出したのだ。

平尾が所帯を持ったのは、三十半ばになってからだった。病身の母親が弱り、身をかためてくれと懇願するので、しかたなく見合いをした。相手は八歳も若かった。断ると勝手に思い気楽にしゃべっていると、一緒になってもいいという話になった。彼女には歳の離れた姉がいたが、夫の赴任に伴って海外暮らしをしていた。平尾は二、三度しか会ったことがなかった。

その妻が五十歳で逝った。乳癌だった。こんなことならもっと大切にしておけばよかったと後悔もしたが、諦めるしかない。それ以降、東京にいる平尾は妻の親族とは疎遠になった。

「それでどういうご用なんですか」

平尾は相手がはっきりとした物言いをしないので、反対に訊ねた。

「あの人が帰らなくなったんです」

そう言われても彼は要領を得なかった。

「どこからですか」

「東京からなんです」

平尾はまたわからなくなった。

「お孫さんに会いに行かれているんでしょう？　あいつは嬉しそうに言っていましたけどね」

「それもありますが」

妻はまた言いよどんだ。

「孫ができると、生きる希望になるのかもしれませんよ」

「そっちに行ったきりなんです」

娘のところにいつまでもいられるなんていいことではないか。娘夫婦と仲が悪ければできることでもない。平尾はそう考えたが、逆にその妻が電話なんかかけてくるわけもない。彼は急に緊張が走った。

「愛人がいるんです」

平尾はまさかという気持ちになった。

「冗談でしょう」

「どういうことかわかりません。口では、もういつお迎えがきてもいいなんて言っていた人なのに」

妻は少しずつ興奮してきて、言葉が上ずっていた。平尾は黙って聞いていた。そのことに応じられる言葉を持っていなかったからだ。

「こんなことが起きるとは、まったく思っていませんでした。持っていた退職金も、すべてわたしに渡すと言うんです。ただの火遊びではないことはわかります。悪くはない夫婦だと思っていたんですけど」

「どういう人ですか」

「あの人よりも年上なんですよ」

彼女はそのことに憤慨していた。自分よりも年長者に夫を取られた。そのことのほうが怒りの元になっているようだった。

「ご存知ないんですか」

相手はすでに知っていて、とぼけているとでも思っているのか強い口調だった。

「さっぱり」

「こどもの頃から友達だと言っていましたから、なにか心当たりがないかと思って」

以前なら龍野が上京した時には、連絡を取り合って飲むこともあった。だが近頃はそれもない。会えないということは、そういうことだったのか。会えば話さなければいけなくなる。だから気兼ねしているということなのか。

「本人も体は万全でないのに。どういうことなんでしょう」

そう言われても平尾には返す言葉がなかった。それに彼女が言うことが本当かという気持ちも芽生えていた。すべてを妻に与えて、老女と一緒に暮らしているらしい。人を恋うることは自由だが、妻の立場からすれば、どうしてそうなるのかと判然とせず、怒りも哀しみも生まれてくるはずだ。聞いていた平尾は、龍野をそうさせた女性とはどういう人物なのかと考えた。

「頼る人が平尾さんしかいないんです。田舎ではすぐに噂になりますし、親族たちの体面もあるようですし」

平尾には人様の家族のことに、自分が関わっていいのかという思いもあった。それにこれは夫婦の問題ではないか。自分が入ってよけいに拗れるのではないか。そんな感情も走った。

「訪ねていただいて、どうなのか教えていただきたいんです。どうするかも決めないといけませんし。娘も呆れていますし、孫たちにも悪い影響が出るんじゃないかと思案もしています」

「龍野からは?」

「電話をしても出ないんです。家族の誰がしても。離婚届けにも捺印していますし、実印も渡して行ったんです」

平尾は相手の心情がわかった。なにもかも放り投げられて途方にくれているのだ。

「お願いいたします」

なにがあったというのか。龍野は妻ともうまくいっていたはずだ。それにもう六十半ばではないか。なにもかも打っちゃって女に走る歳ではないはずだ。いったいどう生きようとしているのか。

「わかりました」

人生を自分で壊すような龍野の行動が、平尾には理解できなかった。仕事を勤め上げ、これからは妻と旅行でもして、静かに生きると言っていたではないか。その妻の悲痛な声が鼓膜を打ち続けている。

「あの人がなにを考えているかわかりませんが、まだ娘に伝えただけで、誰にも話していないんです。こちらが騒いだら、あの人を追い詰めるようなことになる気もしますし」

魔が差すという言葉があるが、龍野は周りのことが見えなくなっているのではないか。それに妻になにもかも渡し、無一文になってなにができるというのか。高校の教員を勤め上げただけの人間だから、先々の生業とするものはないはずだ。年金も渡すと言っているらしい。どんなふうに生活をしていこうとしているのか。

「別れるにしても、はっきりとわからないと判断もできません」

確かに彼女の言う通りだ。なにが龍野を突き進ませているのかわからないが、妻の言うことが本当なら、分別がなさすぎる。それともおかしな女性に引っかかっているとでもいうのか。

「どこへ訪ねればいいんですか」

会ってみないことにはなんの判断もできない。平尾はそう思い返して訪ねてみる気になった。

「千葉県の市川というところにいるみたいなんですけど」

「東京ではないんですか」

「ディズニーランドも近いみたいですけど」

妻はか細い声で不安げに言った。

「市川のどのあたりですか」

「行徳というところです」

平尾はああと声を上げた。その街は知っていた。もう四十数年も前のことだ。当時、仲のよかった男がいて、彼はその土地に住んでいた。文学好きの青年で、よく書物に親しんでいた。アルバイト先のレストランで知り合ったが、言葉が止まらないと思うほどしゃべる日もあれば、なにを訊かれても応じない日もあった。

ぼくはどうやら病気らしい。みんなにも言われるし、自分でも処置できない感情が居ついている。きみだけに言うんだけど。男は笑ったが、周りの人間はそのことに気づいていた。体調のいい時は端整な顔つきをしていて、女性には好かれていた。

「どうかされました？」

その男のことを思い出していると、相手が訊ねてきた。

「わかりました」

「感謝いたします」

平尾は相手の言う名前と住所をメモして訪ねることにした。小宮山という名前に引っかかるものがあったが、相手がそのことに対して、なにも言わなかったので直に忘れた。平尾は電話を切った後に再び思案したが、思い当たることはなにもなかった。一度だって女性がいると聞いたこともない。しかし引き受けた以上は躊躇っていてもしかたがない。彼女の言うことが本当なら、あの男は老後をどういうふうに生きようとしているのか。

東西線の行徳駅を降りると、街は以前と違い、見違えるほど変わっていた。駅前にはビルが建ち並び、平尾が記憶していた風景はどこにもなかった。

彼は駅前で遠い昔を思い出した。この改札口であの人間と別れたのだ。じゃあなと手を上げて後ろ姿を見せたが、平尾はなぜか胸騒ぎを覚えた。あの晩、男はしゃべり続け、死ぬことなんか怖くないと何度も呟いた。どうせ少し早いか、遅いかの問題じゃないか。そう言って煙草を吹かしていたが、平尾はこの男は死ぬのではないかと思った。

そして本当にそうなった。なにが彼を駆り立てたのか。川べりに大きな家を持ち、母親はアパート経営をしていて、生活は不自由していなかった。別れたすぐ後だったので、母親は平尾を疑っていた。ひょっとしたら自分が言ったことが、なにかあの男の琴線に触れたのではないか。そのことはしばらく平尾の心を捉えて離さなかった。

やがてその思いは時間の堆積とともに薄れていったが、またよみがえってきた。しかも龍野がこの街に住んでいるというのだ。当時のことを思い出さずにはいられなかった。

平尾は海に続く道を歩いた。十分も歩けば海だったはずだ。その突堤で、あの男と東京湾を見つめていた。大型のタンカーが行き来し、いくつもの漁船も浮かんでいた。浅瀬でいいところだったのにな。海も遠くなった。相手はコンクリートの岸壁に煙草を押しつけて薄く笑った。それでも生きていればよかったのだ。変わったのは早々と逝ったおまえのほうではないか。平尾は自分の声を聞くと、ふと磯の香りを感じた気がした。その潮風に乗って声が聞こえてきたのだ。

それから歩いていると、この道があの男が住んでいた家のほうだとわかってきた。家やアパートは密集していたが、川は変らない。道路も橋も増えていたが、海へ続く川の方向はあの頃と同じだ。彼はその平坦な川べりを歩いた。

やがてあの男の家の近くに着いた。低い壁の向こうにいくつもの庭木が植えられていたが、どれもあの頃よりも大きく育っていた。真夏の木々を見上げていると、またあの男の声が届いてきた。五十年、六十年と生きて、なにかいいことがあると思うかい？　人生なんか、この川を流れる芥みたいなもんじゃないか。流れ着く先は海しかないだろ？　海を未来だとしても、またどこに流れて行くかわからない。そんな人生を厭だと思わないか。おれは感じるねと言った。

平尾は返答をしなかったが、なぜそんなことばかり考えるのかと疑念を持った。考えても考えなくても違いなければ、深く物事を思案したくない。彼はそういった感情を抱いたが黙っていた。相手はきみは案外と賢いかもしれないなと揶揄するように言ったが、平尾はこの男は恵まれすぎているから、押問答のようなことをやっているのだと思い込んだ。

あの男が住んでいた家は平屋造りだったが、タイル張りの住宅に変わっていた。その家をながめていると、中から浮き輪を持った二人のこどもが走ってきた。

「飛び出すと事故に遭うわよ」

女性が叱責する声が届いた。彼女は平尾の姿を目にすると、一瞬訝しそうな表情を向けたがすぐに笑顔を返した。

「どちらさまでしょうか」

平尾はすぐにあの男の妹だとわかった。彼女が跡を取っているのか。二人兄弟だと言っていたが、妹のことをどう思って逝ったのか。自死すれば、残された子や身内は、自分の中にも同じ血が流れていると、いつも怯えながら生きるのではないか。平尾は家族をそんな気持ちで生かさせてはいけないと考えていた。

だからあの男にも同じことを言ったことがあるが、どうせ死ぬために生きているようなものじゃないかと語気を強められた。ひょっとしたらあの言葉がいけなかったのではないか。平尾は急に震えが走った。言葉は人を傷つける。病人だったのに、配慮のない言葉を向けたのではないか。

彼が強い陽射しの中で立ち竦んでいると、通りの曲がり角で、妹とこどもたちが彼を見つめていた。不審者だと思っているようだった。平尾が頭を下げると、彼女たちはようやく姿を消した。

通りを曲がると、道路に小さな虹がかかり垣根に水をかけている男がいた。麦藁帽子を被り背中を向けていたが、それがすぐに誰だかわかった。相手は人の気配を感じたのか、振り返ると照れくさそうに頬をゆるめた。

「聞いたのか」

平尾は頷いた。

「しゃべることでもないのに」

「そうはいかないだろ」

「気づかれるのは遅ければ遅いほうがいい」

龍野はホースの水を止めた。

「いいのか、それで」

「もう決めた」

平尾は急に龍野の妻に同情したくなった。身勝手な男だ。そういう人間ではなかったはずだ。

「元気かい」

平尾は話を変えた。

「悪くはない」

「心配しているぞ」

相手はそうかと言ったきり黙った。

「いい歳をした人間のやることではないだろ」

「みんなこっちが悪い」

垣根の葉は水を与えられ、生き生きとしていた。龍野はそこにまた水をまいた。かたい雰囲気はもうその話をしてくれるなという感じだった。平尾が黙っていると、近くの喫茶店でも行くかと言った。ホースを巻いていると、終わった？　という声が家の中から届いた。

直《じき》に玄関を開ける音がして年配の女性が姿を現した。相手は平尾の顔を見ると、表情を強ばらせた。それは彼も同じだった。

「そういうことだったのか」

平尾は改めて自分に言い聞かせるように呟いた。龍野の妻に女性の名前を聞いた時から胸騒ぎを覚えていたのだ。

「あら」

女性は驚いたふりをした。

「ご無沙汰しております」

「それはお互いさまです」

相手の言葉に突き放すような硬さがあった。

「そういうことだ」

龍野が言葉を差し込んだ。

「そうじゃないかと考えてはいたよ」

「だから連絡をしにくかったところもある。おまえたちは元は身内だものな」

妻が生きていればそういうことになる。彼女たちは仲もよかった。目の前の女性が外国暮らしでなかったなら、もっと親密な関係になっていたはずだ。

「小さな町だからな」

平尾は恒子を見た。彼女も二人を見つめていたがなにも言わなかった。もう七十をすぎているのに化粧もしっかりと施し、醸し出す雰囲気に色香が漂っていた。それは龍野のせいなのか。平尾はふとそんなことを想像した。

「話せばながいことになるし、そうしたところで伝わらない気もする」

多分、龍野が言っていることは本当だろう。でなければ妻子を捨てここにいるわけがない。

「人生はどこでどうなるかわからないと、はじめて気づいた」

「鬼の霍乱というわけか」

平尾は暢気で穏やかに生活しているように見える二人に、悪意を込めて言った。

「はっきり言うな」

「しかたがないだろ」

龍野は口元を歪めた。

「確かに病気かもしれん」

「わたしが悪いんです。もっと毅然としていればこんなことにならなかったのに」

恒子が諍いになるのではないかと心配して、また言葉を挟んだ。

「こっちが悪いに決まっている。そのくらいの判断はまだある」

平尾にはではどうしてという気持ちが芽生えていた。

「ここではお話もできないでしょうから、上がってもらったほうが」

龍野はいやと応じてから喫茶店でも行こうと誘った。二人のほうが話しやすいと付け加えた。恒子はその言葉に応じなかったが、龍野を見つめていた。妻がよく彼女の美しさを話していたが、もし目にしたら、この状況をなんと言うかと考えたがその思いを打ち消した。

「わたしは家に入っていただいたほうがいいんですけど」

「ちょっと出かけてきますよ」

龍野はどうしても二人になりたい様子だった。なあ、と平尾に同意を求めた。シャワーを浴びた木々の葉は、照り始めた午後の陽射しを受けて一段と光り輝いていた。庭には松や楓、五葉松が植えられ、敷地は奥行きがあった。

「帰国してここを買ったらしい」

「海も近い。車もあまり入ってこない。いいところだ」

「知っているのか」

「地図を見た」

平尾は自分が知っているとは言わなかった。あの男のことを思い出すと今も苦い感情が生まれてくる。そのことを今更しゃべりたくなかったし、二人の今の生活とも結びつけたくなかった。人間は自分を呼ぶ声がする時がある。こうしたほうがいい、ああしたほうがいいと。それが直感ということになる気がするな。逝った男の声がまた聞こえた。あの声が自死を誘ったというのか。そして龍野にはどんな声がしたというのか。

「行こうか」

龍野は歩きだした。後ろ姿に老いが襲ってきているのか、わずかに背筋が丸みをおびていた。そのことは彼にはわからない。平尾は自分の後ろ姿も、恒子に見られている気がして振り向くと、彼女は心配顔で見送っていた。

「いずれこうなると思っていた」

近くの喫茶店に入ると、龍野は出てきたコーヒーをすすりながら言った。

「姉妹だとは知らなかった。海外から戻ってきて、二年もしないうちに夫を亡くした。それから一人暮らしで、帰省している時に偶然町で出会った。もう七、八年前になる」

「いつから」

「二年だ。すまんな」

龍野は素直に謝った。

「元に戻らんのか」

「無理だ」

見たところ恒子は生活が苦しいわけでもない。一人で生きていく淋しさはあるが、それは誰にでもあることだ。自分だって同じことだ。孤独を癒して生きるのが、人間の努めではないか。それを少しでも癒してくれるのが家族だとすれば、龍野は反対に家族を孤独の淵に追いやったということになる。

「奥さんの姉妹と知って驚いたさ。だからいつ話そうかとずっと思案していた。だが話せばこういうことになることはわかっていた。彼女もこそこそするのは厭だと言っていたし、おれの女房や家族に申し訳ないと謝っている。黙っていれば誰にもわからないことだが、こっちの気がどうしてもすまなかった」

「自己中心じゃないのか」

「そう言われても返す言葉はないさ」

「だろうな」

平尾は突き放すように言ってやった。誰もが不安がったり、悩みを持つようなことをなぜやるのか。喜ぶ者がどこにいるのか。平尾には自死した男と一緒ではないかという感情が生まれていた。

「彼女とつきあっていたことがある」

龍野は煙草を一飲みして、今でも誰も知らないはずだと付け加えた。

「どういうことだ」

「まだ学生の時で、こっちが惚れていた。それで中絶させたことがある。二人だけの秘密だ。そのうち別れてしまって、彼女は結婚した。こっちが若かったので、相手にされていなかったこともあるかもしれん。海外でずっと暮らしていたのも、日本に戻りたくなかったのかもしれない。幸福に生活していると思い込んでいた。実際、暮らしぶりは、おまえも知っているように悪くはなかったはずだ。いい夫だとも言っていたし。しかしこどもはできなかった。おれのせいだ。知った時には動揺した。後悔もしたさ。あの時、彼女が少し年上でも、一緒になっていればこんなことにはならなかった。若かったから、今、思うと、残酷なことをした気がする。生めない体にしてしまったんだからな。彼女も亭主に言えることではないし、おれも人に言えることではない。彼女は自分のせいだと言っているけどな」

「今更、どうなるものでもないだろ」

「会わなければな」

「そうだとしてもだ」

「会ってしまうと、時間もつながるし気持ちもつながってしまう。彼女は強く拒絶したし、難色を示したさ。なにも家庭を壊すこともない。東京にきた時にたまに会えばすむだけの話だし、もう歳だから、それでもいいんだけどな。しかしおれの気持ちがどうしても、そっちのほうに向かないんだ。若い頃のこともあったし。妻たちにも悪いし」

龍野はなにか思うことがあったのか、言葉をいったん止めた。それから釣り竿を持って歩く少年を見つめ、おれたちも川で遊んでいたよなと言った。二人が住んでいた町の中央には、中国山地を源流とする川が流れていた。海も近くにあり、田圃の上を海鳥たちが舞っていた。川には鮎も上り、それを竹笹で落として獲った。

「懐かしいよなあ」

龍野が目を細めた。

「そうだなあ」

平尾は相手が逡巡することがあるのだと感じ、言葉を合わせた。

「鰻や鯉、田螺《たにし》や泥鰌《どじょう》、浜辺には蛤といろんなものがいたが、今じゃどこにもいないさ。農薬はまくし、ダムができてから川も死んだ。おれが彼女のダムを造ったようなもんさ」

「なにもそこまで思い詰めることはないだろ」

龍野はいいやと打ち消した。ほかになにかあるのか。平尾は相手の言葉を待った。だが龍野はなにも答えなかった。自死したあの男が言ったように、龍野は、自分を呼ぶ声がしたというのだろうか。それを直感だとあの男は言ったが、平尾には彼らの直感が間違っている気がした。

「なにか手助けすることはないのか」

「ないと思う」

龍野は頑なだった。あの人はなにか勘違いをしているんですよ。それとも頭がおかしくなったのかしら。龍野の妻の声は沈痛で重かった。

「家族が気にならないのか」

「なる」

しばらく沈黙していた龍野は短く言い切った。

「だったら」

「もうおれたちも残り少ない。この世に後悔するものを残したくない。ずっとおれの人生にこびりついていたし」

平尾はその言葉を聞いて、龍野がまだ恒子に心惹かれているのだと思った。

「癌だ」

龍野が唐突に言った。

「誰が？」

一瞬、平尾は龍野のことだと思った。

「彼女が」

相手は煙草のフィルターを噛んだ。平尾は言葉が出てこなかった。亡くなる前の妻の姿が浮かんできたのだ。

「大変だ」

「いいさ」

なんでもないよ、こっちがやったことに比べれば。龍野は視線を合わせなかった。

「親は知っているのか」

郷里には九十をすぎた老親が生きている。彼らのことを思うと胸が痛んだ。

「まだだ」

「どうする」

「それは彼女の問題だが、二人が先に逝くと知ると、どうなるかわからんだろ？」

そういうことだったのか。平尾は弱い溜め息をついた。返答できなかったのだ。彼らはそれぞれに物思いに耽るように黙った。平尾の脳裏には穏やかに暮らしている義父母の姿が見えた。わたしたちのことはなーんも心配せんで、もうあの娘もいなくなったことだし、自分の人生を考えたほうがいいですよ。義母は静かに言った。

結局、二人は恒子の話は避けた。彼女のことをしゃべれば、龍野は家族のことを、平尾は妻や老親のことを思い出すということを知った。

「どうする？　寄るか」

「よろしく言ってくれないか」

会って恒子の心の痛みを聞いたところで、どうなるものでもない。実の老親にも言っていないのだ。自分が同情や憐憫の言葉をかければ、よけいに傷つけるのではないか。平尾はそう考えたが、自分が逃げているのではないかという感情も生まれてきて、苦い気分になった。

「一つの心配ごとがあると、ほかのことはなにも考えられなくなる構図になっているんじゃないか、人間の脳は」

それから龍野は悩んださと囁くように言った。たとえそうであっても、なにかいい方法があるのではないか。龍野が喫茶店に連れてきたのは、この男の配慮だったのだ。配慮はやさしさだ。しかし妻たちには配慮したのだろうか。なにもかも渡したというが、それは逆に彼女たちを孤独に追いやったのではないか。

「ここでいいよ」

喫茶店を出ると平尾は言った。話をしたとしても龍野の決意が変ることもない。平尾は彼の妻にどう話そうかと思った。

「人間でも動物でも、本当は男ではなく、みんな女に従わされている気がしないか。おれはそういうふうに思うようになった。それでいいと考えているんだ」

龍野の言っていることは矛盾している気もしたが、平尾は相手の決意が固いのだと改めて知らされた。

「またな」

龍野は背中を見せた。平尾はその後ろ姿を見送ったが、自分の心を納得させられなかった。陽射しはいよいよ強く、平尾を責めるように射した。するとまたあの男の声がまた届いてきた。ほら、こどもが一生懸命に積み木を積むだろう。作り上げると、次にどうする？　またそれを壊してしまうだろ。ぼくたちの人生もそんなところがあると思わないか？　ぼくはあると思うよ。龍野もあの男も同じことをやろうとしているのか。

平尾は龍野が姿を消した通りを見た。陽が一段と照りつけ、陽炎が立ち上がっている。彼にはそれが儚い人生のように見えてきて、急に感情が高ぶってきた。平尾は思い切り通りを走った。そしてゆらぐその陽炎を跡形なく消そうとした。

【初出一覧】

「遠音」『一冊の本』一九九八年二月号
「潮騒」『青春と読書』一九九八年七月号
「川」『季刊文科』一九九九年二月号
「菩薩」『文藝』一九九四年夏号
「梅雨」『季刊文科』二〇〇〇年八月号
「二期咲き桜」『東京新聞』二〇〇一年十二月二十二日
「箱根心中」『新潮』二〇〇二年四月号
「恋人」『西日本新聞』二〇〇四年四月五日~四月二十八日
「老眼鏡のある喫茶店」『季刊文科』二〇〇九年七月号
「カプセル男」『三田文学』二〇一〇年十月号
「あぶさんの雪」『三田文学』二〇一四年七月号
「四苦八苦」『季刊文科』二〇一四年八月号
「かもめ」『始更』二〇一六年十月号
「積み木」『始更』二〇一七年十月号

佐藤洋二郎（さとう・ようじろう）
1949年福岡生まれ。作家。日本大学芸術学部教授。中央大学卒業。25歳の時、『三田文學』にはじめての小説「湿地」を投稿し掲載され作家の道へ。外国人労働者をはじめて文学に取り入れた『河口へ』（集英社）で注目され、人間の生きる哀しみと孤独をテーマに作品を発表。『神名火』（小学館文庫）、『坂物語』（講談社）、『沈黙の神々』1－2、『親鸞 既往は咎めず』（共に松柏社）、『忍土』（幻戯書房）、『妻籠め』（小学館）など多数。『夏至祭』第17回野間文芸新人賞、『岬の蛍』第49回芸術選奨新人賞、『イギリス山』第5回木山捷平文学賞。現在、日本文藝家協会常務理事、日本近代文学館常務理事、日中文化交流協会常任理事、舟橋聖一文学賞選考委員、日大文芸賞選考委員、『季刊文科』編集委員など。

佐藤洋二郎小説選集二「カプセル男」

2019年10月20日　初版第1刷印刷
2019年10月30日　初版第1刷発行

著　者　佐藤洋二郎
発行人　森下紀夫
発行所　論 創 社
〒101-0051 東京都千代田区神田神保町2-23　北井ビル2F
TEL：03-3264-5254　FAX：03-3264-5232　振替口座　00160-1-155266
装幀／奥定泰之
印刷・製本／中央精版印刷
組版／フレックスアート
ISBN978-4-8460-1822-1